MW01614540

FLORENT OISEAU

Florent Oiseau a 26 ans. Il a été pompiste, chômeur, barman, plongeur, réceptionniste de nuit, ouvrier dans une usine à pain, crêpier, couchettiste sur le Paris-Venise. Il est aujourd'hui surveillant dans un lycée de banlieue parisienne. *Je vais m'y mettre* est son premier roman, publié aux éditions Allary en 2016.

JE VAIS M'Y METTRE

FLORENT OISEAU

JE VAIS M'Y METTRE

ALLARY ÉDITIONS

© Allary Éditions, 2016.

ISBN 978-2-266-27565-1

À mes parents pour leur amour et leur patience.

PREMIÈRE PARTIE

1

Aujourd'hui j'arrête. J'arrête de tout arrêter avant de commencer. Terminé l'oisiveté, le vin qui tache, la sonnerie du réveil à quatorze heures pour pouvoir faire une petite sieste, peinard, en milieu d'aprèm. On appelle ça la maturité, je crois. Cette fois, c'est décidé, je m'y mets. De toute manière, je n'ai plus le choix, mon chômage prendra congé d'ici quelques semaines, après deux années de bons et loyaux services. Je dois m'y mettre. Et vite, tant qu'à faire.

Le boulot, on raye. Faut que je trouve une autre solution. Ça ne sert à rien que je m'obstine, je n'y arrive pas. C'est au-dessus de mes forces. Ce n'est même pas une question de convictions ou de fainéantise. Encore moins une sorte de marginalisation volontaire en guise de rébellion contre le système capitaliste ou quoi. Moi, le système, si on ne m'avait pas dit qu'il était capitaliste, je ne m'en serais même pas rendu compte. Je ne me lève jamais quand il faut, je ne parviens pas à « choper le rythme », comme dit mon père. Quand j'y suis, je ne fais jamais les choses qu'on me demande.) Ou alors je les fais mal. Je n'ai même pas l'impression d'être con en plus, loin s'en faut, mais ce n'est pas pour moi. Chacun son domaine.

Moi, par exemple, je suis un as pour chourer dans les grandes surfaces. Ça ne me rapportera pas la médaille du Mérite mais je suis bon là-dedans, c'est mon domaine. Vigiles, machins de vidéosurveillance, mettez-moi ce que vous voulez, cela ne me rebute pas.

J'ai découpé la doublure de mon manteau exprès pour la carotte. J'opère toujours de la même manière : une fois dans le magasin, je repère l'angle mort invisible des caméras, je fais mine de m'intéresser aux jus de fruits placés sur le rayon près du sol et, au moment de me baisser, je glisse ma tomme des Pyrénées à quatre euros dans ma poche artisanale. Le tour est joué. Après, je réitère l'opération pour l'onglet de bœuf à cinq euros et mon repas est fait. Histoire d'avoir l'air d'un gars honnête, je paye mon pot de moutarde, les échalotes, et le compte est bon. Ça fait trois ans que je fais ça tous les deux jours, j'ai compté, j'ai volé pour presque deux mille balles de barbaque et de fromage. Et jamais on ne m'a gaulé. Je suis même un client apprécié au Monoprix, le gérant me salue, mon hôtesse de caisse cap-verdienne m'a à la bonne et, avec la carte de fidélité du magasin, j'ai parfois droit à des réductions avantageuses. Tout roule, en somme. Ça, par exemple, j'y arrive. Mais pas le boulot. Comme je le dis tout le temps, chacun ses compétences, chacun son domaine.

Mais aujourd'hui, c'est sérieux, faut que je m'y mette. Pas dès le début de la journée non plus, d'abord, je vais me faire un peu de riz, l'occasion de pallier le manque de glucides dont souffre parfois mon alimentation. Avec ça, des poissons panés. J'ai l'art d'allier les produits qui vont bien ensemble. Ce n'est pas donné à tout le monde. J'ai des Knacki pourtant, mais je les garde pour les pâtes. Les choses sont établies. Le riz, dans ma tête ça ne fait qu'un tour, c'est avec les poissons panés qu'il se marie le mieux. Et les poissons panés, si vous voulez tout savoir, je les aime noyés dans un demi-litre de jus de citron. Après, je fume une cigarette en regardant l'émission de Sophie Davant et j'y vois déjà plus clair. C'est sûr, ce n'est pas du Karl Marx au niveau de la réflexion, mais ça me fait du bien. La simplicité ne m'a jamais fait peur, je sais ce que je vaux. En règle générale, quand Sophie Davant porte une jupe, je coupe le son et je m'envoie une petite branlette de derrière les fagots. Même punition quand elle porte son pantalon en cuir ou son tailleur gris. Si elle est en jean, j'attends au moins les premiers témoignages des nanas qui sont sur le plateau. Quand ça ne m'intéresse vraiment pas, les sujets sur les enfants autistes par exemple, tant pis pour le jean, je coupe quand même le son et je lui montre de quel bois je me chauffe. C'est normalement juste après que je m'offre le droit de décompresser avec une sieste réparatrice. Je ne fais de mal à personne, après tout. Mais bon, ça, c'est fini, parce que aujourd'hui il faut que je m'y mette. Et plutôt deux fois qu'une.

Déjà, je devais commencer hier, mais j'ai dû aller chercher une lettre recommandée à la Poste. Un impayé au sujet de ma taxe d'habitation, une dernière relance avant que les huissiers ne rappliquent chez moi.

C'est sur le chemin du retour que j'ai croisé un pote au café, rue de Paradis. Le pauvre vieux venait de se faire plaquer, du coup on a bu quelques canons. J'ai le soutien facile, on se confie aisément à moi, je ne parle pas beaucoup. Dans les moments compliqués, ça doit être réconfortant, un gars qui écoute.

Quinze ans de vie commune, qu'il rabâchait. Quinze putains d'années, il râlait, le gars. Quinze ans, un voyage de noces aux Seychelles avec ses économies à lui, des sacrifices, pour qu'en fin de compte elle se barre avec un professeur d'histoire (vacataire, en plus) en lui reprochant de se laisser sombrer. Moi, j'ai toujours été une merde avec les femmes, alors je ne comprends peut-être pas tout. Je n'ai pas toutes les armes et un manuel de décryptage féminin ne me serait probable-ment pas inutile. Mais mon pote, il bosse, il a toujours bossé. Il traîne un peu au bar, mais il rentre quand on l'appelle. Quand sa gonzesse a voulu un écran plat, il a acheté un écran plat. Quand il a fallu aider à déména-ger une de ses cousines, c'est mon pote qui s'est démerdé pour trouver un camion. Si ça, c'est se laisser sombrer, moi je n'y comprends plus rien. En même temps, comme je vous ai dit, je n'y ai jamais rien compris.

Ça fait trois ans que je n'ai pas couché avec une femme. Plus de mille jours, quasiment le temps qui s'écoule entre deux Jeux olympiques. Pourtant, je ne suis pas trop mal. La quarantaine qu'a pas l'air d'en faire cinquante, pas un cheveu n'a quitté son bulbe sans que je l'y autorise. Brun ténébreux, mal rasé, comme les mecs à la télé. Un peu de bide mais fran-chement, c'est honnête. J'ai lu un tas de bouquins, des trucs pointus, des philosophes, des auteurs russes, des ouvrages concernant la physique quantique, le romantisme du début du XIXe selon Alfred de Vigny. Je sais qui est le ministre de l'Éducation, mes fringues sont propres. Je mets de l'eau de Cologne pour sortir, ma penderie est en ordre. En société, j'ai les codes, mais rien n'y fait.

Parfois je me dis que c'est à cause de mon environnement que je ne baise pas. Je ne rencontre personne. Avant, je sortais un peu le soir, mais restriction budgétaire oblige, depuis quelque temps, je reste chez moi. Je me prends deux bouteilles de pinard. Pas dégueu en plus, un côtes-du-rhône qui va bien avec mon onglet aux échalotes. La deuxième bouteille, je ne la sens même pas passer. Après, je suis un peu saoul, mais ça ne me pose pas de problème d'éthique, et puis j'aime assez ça. Je n'ai pas le vin mauvais, mélancolique, alors j'en profite. Je me fous même un peu de musique, pas trop fort pour les voisins, car je suis un homme qui brille par son élégance en collectivité. Puis je danse. Parfois je me casse la gueule, mais ça fait partie de l'ambiance. Peinard chez moi, saoul comme il faut, avec un peu de musique.

Mais ce soir je ne vais pas boire, là, faut que je m'y mette et les deux ne vont pas ensemble. Déjà, il me faut l'idée « qui va faire que ». J'ai pensé à braquer une boutique, une bijouterie par exemple, cela ne me fait pas peur, mais je ne suis pas un voyou. Et je n'aime pas trop qu'on m'emmerde, alors je ne vois pas pourquoi j'irais emmerder le bijoutier. Il faut que je trouve autre chose, je suis confiant. Quarante-deux balais, un toit sur ma tête, je peux encore bouffer le monde. J'ai de l'appétit en plus, la satiété, je laisse ça aux autres. Si on me filait de l'oseille, je ne serais pas trop débordé. Qu'on ne s'en fasse pas pour moi, je saurais l'utiliser, le faire fructifier. L'argent, faut que ça circule de toute manière. J'en mettrais un peu à droite, un peu à gauche, et après, j'apprendrais à vivre de mes rentes. Je n'ai pas peur, je suis un carnassier, en haut de l'échelle alimentaire. Pas tout en haut, il faut savoir faire preuve d'une certaine humilité, mais disons que je suis plutôt plus près des sommets que du sol. Les cimes se sont habituées à ma présence.

2

C'est vraiment con que je sois resté au bistrot avec mon pote hier, parce que je me trouvais encore plus racé qu'aujourd'hui. Là, j'ai presque un petit coup de barre et si je n'étais pas dans l'obligation de m'y mettre, je me ferais peut-être un petit somme, histoire de revenir plus fort. En carnassier.

Hier soir, quand je suis rentré chez moi après le bistrot, je me suis demandé s'il ne fallait pas que j'aille voir une professionnelle du sexe. Autant vous prévenir, j'ai horreur du mot pute, je le trouve dégradant à souhait et je ne suis pas ce genre de mec qui dégrade les femmes parce qu'elles font des pipes pour vingt euros. Ou pour trente, ou pour dix, ce n'est pas une question d'argent. Personnellement, j'ai toujours été réfractaire à l'idée de payer pour l'amour et de toute façon, je n'en ai jamais vraiment eu les moyens non plus. Mais du coup, comme là je suis sur le point de m'y mettre, de l'argent je vais en avoir, et une fois que je pourrai vivre de mes rentes, j'imagine que le sexe non tarifé suivra dans la foulée. Je n'ai pas trop envie de me perdre dans des pensées primitives, je suis un mec qui a les codes, l'éthique et tout, mais j'ai quand même l'impression que les femmes ne trouvent pas qu'un homme soit enlaidi par l'argent. Ça se goupille plutôt bien, d'ici peu j'aurai le flouze, le blé, et vu que je ne suis pas vilain, je serai sûrement sollicité. Alors, est-ce qu'une entaille dans le contrat moral concernant les putes ne me serait pas bénéfique ? Histoire de m'entraîner, en fait. L'argent, faut que ça circule, y compris pour les putes. Si tout le monde avait autant de principes que moi, les maquereaux auraient les mains usées à force de bastonner leurs travailleuses. Faut bien qu'ils vivent aussi, les mecs. Peut-être qu'aller les voir, c'est faire une bonne action. Et vu que bientôt, si vous me permettez l'expression, les femmes gratuites voudront de moi, un peu de pratique ne serait pas superflu. Faut le dire, de nos jours c'est important de savoir bien faire l'amour. J'ai lu un truc là-dessus.

Y a trois mois, j'ai bien failli coucher avec une nana, et sans payer. Comme mon emploi du temps de chômeur m'offrait une certaine disponibilité, je m'étais inscrit sur un site de rencontres. Pendant des semaines, j'ai échangé des mails avec Christine. Employée de banque, trente-cinq ans, une coupe courte, mignonnette, un peu enveloppée mais tout à fait tolérable pour un mec dans ma situation. J'étais à l'aise dans mes mails. Chaque fois que j'en terminais un, je finissais avec une citation d'écrivain ou un lien vers une musique sympa. Ça paraît un peu ringard avec le recul, mais je n'avais pas affaire à une agrégée de littérature, alors ça passait. Elle me trouvait fin, c'est ce qu'elle disait.

Un soir, on a décidé de se voir pour prendre un verre, l'initiative lui revenait.

Comme je venais de recevoir mon virement de 1 023,07 euros de Pôle Emploi, le mode carnassier était enclenché. J'ai accepté l'invitation, une douche, un peu d'eau de Cologne derrière les oreilles et je suis sorti pour me rendre au point de rendez-vous qu'on s'était fixé, à quelques stations de métro de chez moi.

J'étais un peu en avance, alors je me suis acheté une canette de bière. Réflexe pavlovien. Dix minutes plus tard, alors que j'hésitais à en reprendre une, mon rendez-vous s'est pointé. Quand je l'ai vue, je me suis rendu compte qu'elle était un peu plus grosse que ses photos ne le laissaient présager, mais je n'étais pas en droit de critiquer. Et puis, je ne suis pas du genre à dégrader les gens sur leur physique ou autre. Enfin bon, y avait quand même facile quinze kilos de plus que ce que suggérait la photo sur son profil, prise dans la pénombre et en habits de ski. L'art du camouflage dans toute sa splendeur. Ça ne paraît pas, mais quinze kilos, c'est le poids d'une petite table basse. Et quand une personne avale une table basse, on le remarque, croyez-moi. Je ne me suis pas démonté pour autant, ce n'est pas le genre de la maison.

Après une brève inspection mutuelle, on est allés prendre un godet dans un bar, vers Rambuteau.

— Tu verras, c'est un endroit sympa, on s'y sent bien, elle a dit.

Moi, du moment qu'on me servait à picoler, je me sentais bien partout. Mais ça, je l'ai gardé pour moi.

La sagacité était une parure de nuit que j'enfilais lors de mes rendez-vous galants.

Toute la soirée, du moins une grande partie, je l'ai écoutée docilement me raconter sa vie. Son boulot, son chat. Sa tante des Ardennes avec qui elle s'était engueulée au baptême de son neveu, dans le gîte que tient son cousin à Chessy-sur-Marne. Ses cours de cuisine indienne.

Vu que j'avais les codes, je ne l'interrompais que pour lui poser une question quand un détail m'échappait, mais je commençais à fatiguer. Au bout du cinquième verre, elle était mûre, alors je lui ai proposé de venir goûter mon excellent côtes-du-rhône, chez moi, pour terminer une soirée qui se goupillait plutôt bien. Elle a dit d'accord. Et s'est remise à parler quasiment sans interruption.

Quasiment, car à un moment, sur le chemin, alors que j'avais décroché depuis dix bonnes minutes, elle m'a embrassé. Comme ça, de manière spontanée, au fil de la discussion. Enfin, du monologue. C'était doux. Je n'ai pas mis la langue, comme un pote m'avait conseillé de faire.

— Ça fait queutard de mettre la langue, la mets pas.

Adroitement, j'ai su masquer mon début d'érection, et on s'est remis à marcher. Je me sentais fort et désirable.

Arrivés chez moi, on a écouté de la musique rock à la radio et elle a continué à me parler. Son débit était incroyable et m'étourdissait au plus haut point. À ce moment-là, le sujet concernait les impayés de pension alimentaire de l'ex-mari de son amie d'enfance,

Corinne. Je n'en pouvais plus, je commençais à ne plus avoir les codes, et pourtant je bandais de plus belle à l'idée que l'acte approchait. Dans mon calebar, le mât d'une imposante jonque semblait s'ériger. J'étais prêt à braver les océans, à bouffer des algues et de l'eau salée. Pour tempérer mon enthousiasme, je me suis sifflé la première bouteille de rouge à moi tout seul. Quant à la deuxième, Christine n'a eu le temps de boire qu'une ou deux gorgées. Après ça, alors qu'elle ne s'arrêtait toujours pas de jacter, je me suis mis à danser, comme je l'avais fait la veille. Et l'avant-veille, et l'avant-avant-veille. Contre toute attente, ça lui a plu, elle a fermé sa gueule et m'a rejoint. On s'est embrassés à nouveau et là j'ai mis la langue, pas trop, mais je l'ai mise. Juste ce qu'il fallait pour pas faire trop queutard mais afficher son projet de campagne quand même. La Christine me touchait les cheveux et se dandinait comme une pute. Pardon, je ne suis pas du genre à dégrader et tout, mais là, c'est vraiment l'adjectif qui convient. J'avais un mal fou à dissimuler ma gaule, du coup je l'ai légèrement repoussée pour conserver un certain espace entre nous et pouvoir danser seul. Ça tombait bien, mon pote m'avait dit de montrer un côté distant. Faire le mec qu'était pas si accessible que ça.

— Faut pas qu'elle se dise que c'est gagné, en fait.

Dans un placard, il me restait un fond de calva que je me suis envoyé d'une seule traite. Je transpirais. De la grosse goutte. Elle me regardait, émerveillée, à la fois soumise et demandeuse. D'un moment à l'autre, elle allait se diriger vers moi pour faire passer la quête.

Je pesais 1 023,07 euros. J'étais tout en haut de l'échelle. Un dernier pas de danse en solitaire et l'ultime étreinte, pour l'éternité. La pute allait avoir sa punition. Vous m'excuserez encore, rapport à mon éthique, mais fallait la voir, les yeux brillants, quémandeuse, perfide, maligne comme le diable. Ma bouteille vide à la main, je la regardais. Deux mètres nous séparaient. Lentement, elle s'est mise à s'effeuiller. Quand j'ai déposé ma boutanche, Christine n'était plus vêtue que par le dévouement d'une culotte trop ample et pourtant, y avait de la matière avant d'atteindre de l'amplitude. Je me suis avancé vers elle en dansant. Une sorte de twist, mes genoux s'entrecroisaient. Je claquais des doigts. En rythme. Mais le destin est parfois joueur et pile au moment de l'envelopper avec mes bras fiers, j'ai osé le pas de trop. Pourtant les jeux étaient faits, le public était conquis, mais je voulais tout offrir. Tout donner.

Le calva ayant annihilé toute forme de coordination de mes mouvements, mon plan a merdé et je me suis lamentablement cassé la gueule sur ma table basse, foutant en l'air tout ce qui était posé dessus. Un peu secouée, elle s'est aussitôt baissée vers moi, bégayante, encore apeurée par la violence du choc. Presque gémissante de trouille, trempée de plaisir. Le déclin de l'objet de ses fantasmes l'avait quelque peu troublée. Moi, malgré ma chute, je bandais encore menu. Et c'est ce qui m'a été fatal alors que, pleine d'amabilité, Christine essayait de me soigner.

— Je n'ai pas besoin de glace, Christine, ton gros cul de pute fera l'affaire. Allez, viens ! Viens, je te dis.

Trop carnassier, le type. Ma dulcinée d'un soir, bien qu'amoureuse, m'a asséné une gifle d'une violence rare et s'est barrée. Je me suis endormi peu après, par terre.

Le lendemain, je n'étais pas fier. Quand j'ai raconté ça aux gars, je ne la ramenais pas, ça non. Le nombre de fois où je m'étais engueulé avec les potes parce qu'ils parlaient de manière désobligeante de la femme... Moi, j'étais censé être en haut de l'échelle, avec les romantiques, les courtisans, les cajoleurs, pas une créature grossière, dénuée de respect et de tact.

J'ai bien essayé de la recontacter durant les jours qui ont suivi mais rien à faire, c'était trop tard, Christine ne m'aimait plus. Après ça, je me suis désinscrit du site et j'ai continué ma petite vie. Mais maintenant, plus le choix, pas le temps de tergiverser, il faut que je m'y mette.

3

En fait, je ne sais même plus quand j'ai commencé à merder. Je n'ai jamais été un modèle d'ambition, mais plus jeune, y avait des trucs qui me faisaient envie. J'aurais bien aimé être à mon compte. Tenir un établissement, genre un bar. Mais je ne m'en suis jamais donné les moyens. J'ai toujours cru en ma bonne étoile. Au coup de bol. J'étais intimement persuadé qu'un autre aurait l'idée et me proposerait de me joindre à lui pour monter notre affaire. Quelqu'un qui aurait besoin de moi. De mes nombreuses qualités, de mon insolente polyvalence. Mais ce n'est jamais arrivé, alors j'ai bossé dans une imprimerie. J'ai aussi été crêpier dans un restau savoyard. Je sais bien, les crêpes on se dit tout de suite que c'est les établissements bretons. Bah là, c'était savoyard. Bien sûr, on faisait des tartiflettes, des fondues, mais ça, ce n'était pas mon job. Moi, si on me cherchait, fallait jeter un coup d'œil derrière les crêpières. J'en avais six qui chauffaient à balle. Six à gérer en même temps, c'est du boulot, un travail de l'ombre.

— J'comprends rien à votre bon, là.

Je disais ça parfois. Surtout quand je ne comprenais rien à un bon.

— C'est facile, putain, t'as une Valtho, une Fermière sans champignons et deux Val d'Isère. Mais sur la deuxième Val d'Isère, au lieu des lardons, tu mets de la poitrine fumée.

Sauf que moi, sur le bon, les changements ne s'affichaient pas. Du coup, les modifications s'effectuaient à la main. Et ce n'étaient pas toujours des écritures bien soignées et lisibles, les initiés savent de quoi je parle. Alors j'essayais de faire de mon mieux pour déchiffrer, bien sûr, histoire de ne pas toujours être là à casser les couilles, mais bon. J'ai bossé un an et demi là-bas. Quand le restaurant s'est mis à tourner correctement et que le travail, forcément, devenait plus conséquent, j'ai rendu ma toque. Le courage a des limites que ma raison s'autorise à ne pas franchir. Par ailleurs, le patron était bien content que je me barre. Il m'appréciait assez en tant qu'homme, mais je n'étais pas un très bon élément. Pour que je puisse avoir le chômage, il m'a viré pour faute grave. Faute lourde, on n'a droit à rien. Démission non plus. Abandon de poste, c'est faute grave, et là on a droit, alors j'ai simplement arrêté de venir. Un licenciement à l'amiable m'aurait bien arrangé aussi, mais le type n'était pas emballé.

— J'en ai pour une brique d'indemnités si on se sépare à l'amiable. Je peux pas me le permettre, Fred, pas en ce moment.

Ouais, je m'appelle Fred. Bon, bah, j'ai été viré pour faute grave. Je ne suis pas du genre à faire chier le monde. En plus, on m'avait dit que je pouvais garder mon tablier si je voulais. Dans la vie, faut que ce soit donnant-donnant. On ne peut pas toujours recevoir et ne rien filer en retour. Ne pas faire chier au sujet des indemnités, c'était ma manière de filer en retour. Et je gardais le tablier.

Après ça, je n'ai rien foutu pendant un an. C'est durant cette période que j'ai rencontré Séverine. Ma Séverine. L'amour de ma vie de merde. Le bolduc qui entourait l'étron que j'étais et tendait à le rendre beau. Je l'ai attrapée dans un bar. Putain, ouais, comme si c'était hier. Elle fumait clope sur clope, c'est ce qui m'a séduit tout de suite, je crois. On se trouvait rue de Ménilmontant, dans un zinc de quartier où je traînaillais auparavant. J'y venais cinq jours sur sept. Mes revenus et les maigres sous que j'avais mis de côté y sont passés. J'ai tout bu. Mais j'y ai vécu des super moments. Je ne referais pas différemment si j'avais le choix. Libre, grisé, c'est ça qu'on veut tous, du moins c'est ce que je veux, moi. Et au boulot, la liberté, ce n'est pas ce qui prédomine. Il doit y avoir de rares exceptions – maître-nageur ou garde forestier – mais c'est tout. Le reste, c'est que des emmerdes. Sans compter que cette liberté m'a offert l'amour. Pour sûr que si je devais me lever comme un connard tous les matins, je ne me serais pas éternisé au bar ce soir-là. Et Séverine, j'aurais pu m'asseoir dessus. Chaque fois que je ne sors pas et que je reste chez moi, en vieux loup solitaire, je me dis que j'ai peut-être raté l'amour, une fois de plus.

Séverine, un jour, elle s'est barrée.

— On ne peut rien construire avec toi.
— Je suis pas maçon, j'ai dit.

L'humour, je n'en ai jamais abusé, mais moins par choix que par humilité. Ce matin-là, quand j'ai vu qu'elle ne se marrait pas, j'ai compris. Je me suis dit : « Ça y est, Fred, c'est fini, t'as encore merdé. » Bah, ça n'a pas loupé, le soir même, elle avait pris ses affaires. Elle était partie pour de vrai. Pourtant, j'avais acheté du vin, histoire de me faire pardonner pour toutes les choses que je n'avais pas su lui offrir. Un bon petit côtes-du-rhône, rien que pour elle.

Trop tard. Avec le recul, je me rends compte que ce n'était pas une période facile pour moi.

Je l'ai appelée pour lui demander des explications, son discours était bien rodé. Impossible de se projeter dans l'avenir avec un mec comme moi. Ne prend jamais d'initiatives. Alcoolique. Panier percé. J'en ai pris pour mon grade, je vous assure.

— Trop bon, trop con. Quand je te disais d'y lever un peu la main sur elle pour la canaliser !

C'était un mec du bar qui m'avait dit ça. Un de ceux que je trouvais moyennement respectueux envers la gent féminine. Le style qui mettait des torgnoles. N'empêche, on peut dire ce qu'on veut, il avait ses méthodes, mais sa gonzesse ne s'était pas tirée. Il se marrait.

27

— C'est toi qui repassais ses fringues aussi ?

Il ne s'arrêtait pas. Moi, déjà, je vivais assez moyennement la rupture, mais que les autres se foutent de ma gueule et se servent de mon histoire pour se fendre la ganache entre eux, ça n'aidait pas.

— Quand la maison était bien propre, t'avais droit à ton cunni ? Hein, Fred ? Dis-nous !
— Il devait juste se la fermer les soirs de match. Pas vrai, Fred ?

Ils étaient quatre, cinq à se bidonner. Des gars que je ne connaissais que très peu, en plus. Même pas des bons potes ou des mecs avec suffisamment de légitimité pour me chambrer. Nan, rien de tout ça. De sombres inconnus, des types du quartier avec qui mon coude partageait un bout de comptoir de temps à autre. J'ai commandé un autre verre. Je pensais à Séverine, à notre première rencontre. Elle fumait comme un pompier à l'époque. Plus que moi encore. Je me suis souvenu de nos premiers mots échangés. Dans le brouhaha oppressant, je me suis mis à aimer la vie en me remémorant la scène. Un sourire nostalgique et sûrement encore un peu épris s'est posé sur mon visage morne, pendant que les autres poivrasses riaient grassement.

Puis y a eu la vanne de trop. J'ai pris mon godet et je l'ai cassé sur la gueule d'un des mecs. Il s'est écroulé, raide. J'ai cru que je l'avais tué. Son cuir chevelu pissait le sang. Les autres ont fermé leur gueule et je me suis barré dans la foulée. Après ça, j'ai dû changer de bar. On ne m'acceptait plus, rapport à la bagarre. J'ai appris par la suite que le mec n'était pas mort, il avait juste un peu perdu connaissance et était parti à l'hosto se faire recoudre. Je n'ai jamais eu de nouvelles. Il ne devait pas être tout blanc, le type, parce qu'il n'a même pas porté plainte. Ou alors il fonctionnait à l'ancienne, sans balancer. Le fait est que lui, Séverine et Christine, je n'ai plus de contact maintenant, que dalle. Enfin bon, disons qu'ils appartiennent au passé, à mon ancienne vie. La nouvelle commence aujourd'hui. Ou demain, au plus tard. *Camus*

Séverine, c'est elle qui m'a fait devenir un homme. À un peu plus de trente ans, il était temps. J'avais déjà embrassé des nanas, une bonne douzaine, mais le sexe, jamais. Y avait bien une vieille pochetronne qui m'avait un peu branlé dans les chiottes d'un bar vers Ménilmontant, mais elle était à peine consciente, pas de quoi en tirer une grande fierté. En dehors de ça, presque rien, je n'ai jamais dégagé de phéromones, je n'ai jamais su provoquer le désir, l'envie d'aller plus loin. Je connais des mecs bien plus moches qui y arrivent, mais moi, je suis froid comme un serpent, je ne fais pas envie. Si, une fois, en voyage étudiant, lors de ma seule et unique année en fac, j'étais un peu rentré dans une fille. Valérie, à Londres. Mais bon, après un ou deux allers-retours maladroits, elle avait voulu qu'on arrête. Je lui ai dit que de toute manière, j'avais presque fini, que j'allais venir, mais elle ne voulait rien savoir. Je me suis rhabillé.

— Je n'imaginais pas ma première fois comme ça. Pas de cette manière. Pas avec toi.
— Ouais, je vois.

On ne s'est jamais reparlé. Moi, notre rapport m'avait suffi. Et je me suis reposé là-dessus pendant presque dix ans. Je me disais : « T'es pas puceau, mon gars. » En soi, c'était vrai. Ça n'avait pas été un marathon, mais je l'avais fait. J'étais rentré. Rentré dans une femme. Dans une vierge en plus. Une vierge qui ne voulait pas particulièrement de moi. J'incarnais la source de son avilissement, de sa chute. L'élément déclencheur, le facteur X. La raison de l'opprobre avait un nom. Et ce nom, c'était Fred.

Puis un soir, donc, j'ai rencontré Séverine au bar. La déesse du sexe en personne. La reine de la queue. Le soir en question, j'avais pas mal picolé, du coup j'étais hyper à l'aise, désinhibé, je planais. Aérien. La plèbe s'en rendait bien compte.

— C'est quoi là-bas ? Un cumulus ?
— Non, c'est Fred.

Je suis allé lui parler à Séverine. Elle fumait dehors, un demi de bière ambrée à la main.

— Tu fumes beaucoup, j'ai dit.

J'avais embrayé comme ça. À l'aise, le type. Observateur, concis, qui n'en fait pas des tonnes. Il voit, il analyse, il comprend. C'est Fred, la couche supérieure du pot.

— Ouais, j'aime bien ça. Tu fumes, toi ?
— Un peu que je fume.

On a grillé une tige ensemble, puis je lui ai payé un canon. Elle s'était pointée seule au bar, en attendant qu'une copine la rejoigne, mais finalement, la nana en question avait dû se perdre en chemin. Ou alors il s'agissait d'un souci de dernière minute. Les soucis de dernière minute ne se pointent jamais en avance. Tant mieux, comme ça j'avais le champ libre avec Séverine, un coup de pouce du destin. Le soir même, je l'ai invitée chez moi, elle a accepté.

Pour vous situer, j'ai le même appartement depuis presque vingt ans. C'est l'appartement de mon oncle, en fait. Il est bourré de thunes, alors il ne m'emmerde pas trop au niveau du loyer. Ça n'augmente pas. Je suis un privilégié sur ce plan-là, je dois bien le reconnaître. Je ne suis pas ce genre de gars, ces ingrats qui ne veulent pas, ou ne savent pas dire qu'ils ont de la chatte pour telle ou telle raison. Moi, au niveau de l'appartement, je m'en sors bien. Je remercie souvent mon oncle quand on se voit. L'enculé, il a fait fortune dans les assurances. Il ne doit pas peser loin du million.

Avec un million, je l'aurais gardée, Séverine. Un alcoolique millionnaire qui ne prend pas d'initiatives, ça lui aurait convenu. Les femmes disent toutes qu'elles se foutent de l'argent. Tu parles. Elles ne peuvent rien y faire, elles l'ont en elles. C'est une chose qu'on doit leur faire couler dans les veines, à la naissance. Un genre de truc irréversible, incontrôlable.Très souvent, cette attirance pour le fric est volontairement ignorée. Une sorte de déni s'opère. Elles ont envie de se convaincre qu'une vie bohème faite d'amour, de poils et de vin pourrait leur convenir. Elles en meurent d'envie de cette vie-là, simple, romantique et insouciante, mais le truc qui a été mis à l'intérieur d'elles au sujet du fric prend le dessus chaque fois. J'appelle ça, le gène confort. Le virtuose pauvre avec ses jolis mots peut bien aller se faire foutre. Terminé le petit studio sous les toits, éclairé à la bougie, avec un chat qui minaude en nous regardant faire l'amour. Place au DRH, au mec de la télé, au sportif de haut niveau, au trader, au chirurgien, à l'avocat. Le ski à Courchevel, le week-end à Cabourg. Les gonzes, elles préfèrent s'ennuyer dans un cabriolet qui sent le cuir que s'éclater en camping. Les mecs, ce serait un peu la même chose concernant la fidélité. Ils sont incapables de se contrôler. J'appelle ça, le gène bite. La situation est simple, les hommes ne peuvent se vouer au même sein, tandis que les femmes, elles, sont machinalement envoûtées par l'attraction qu'exercent les cartes de crédit sur leur culotte. Voilà, les jeux sont faits. Faut se démerder avec ça. Moi, je suis plutôt du genre fidèle et pauvre. Dans le jargon du poker, je suis une paire de deux. Un tas de fumier sur lequel les chiens de race ne veulent même pas pisser, de peur d'attraper une chlamydia.

Un jour, Séverine, je lui ai fait ce que je pensais être le plus beau des cadeaux pour son anniversaire. Elle ne parlait plus à son père depuis des années à cause d'une embrouille minime, un truc de famille au sujet d'une gourmette égarée et qui, avec le temps, avait pris une ampleur exagérée. C'était quelque chose qui la tracassait. Elle en était malade de plus causer à son vieux qui, au demeurant, avait l'air d'être un brave type. Enfin, d'après ce qu'elle me racontait à son sujet. À plusieurs reprises, il avait essayé de renouer le contact, de l'inviter au restaurant, de lui payer un café. De la voir, juste un moment, comme ça. Chaque fois, elle lui avait raccroché à la gueule. À contrecœur, par fierté. La fierté, c'est de la merde, ça vous ronge une personne. Souvent, elle chialait d'en faire autant baver à son pauvre vieux pour une histoire aussi insignifiante, mais elle ne savait pas non plus comment y remédier. Alors un jour, j'ai appelé le bonhomme en cachette. Je lui ai dit de venir le jour de son anniversaire, déguisé en plombier. Peu avant le jour J, j'inventerais un prétexte – un robinet foireux, une fuite du ballon d'eau chaude – pour justifier sa présence et les retrouvailles s'effectueraient un peu plus tard dans une ambiance festive et joyeuse.

— Et pourquoi je ne peux pas juste venir comme ça, sans me déguiser ?

Je ne savais pas trop quoi lui répondre au vieux, c'est vrai que c'était con, mais cette histoire de déguisement ajoutait une dimension burlesque que j'avais estimée primordiale pour faciliter leur réconciliation. Et puis, ce stratagème faisait de moi un petit génie de l'inattendu – ce qui me plaisait assez –, et si cela ne lui convenait pas, c'était pareil.

— Mettez une perruque, des lunettes, une fausse moustache, histoire qu'elle ne vous reconnaisse pas tout de suite.
— C'est d'accord.

Après quelques formules d'usage très courtoises, le vieux s'est permis d'écourter notre appel pour aller chier et m'a fait part de son plaisir de me rencontrer dans un futur proche.

La veille de l'anniversaire de Séverine, j'ai suivi le plan à la lettre et je me suis mis à gueuler et à me plaindre de tout un tas de trucs. Je râlais, je criais que je commençais à en avoir plein le cul de ce robinet qui fuyait. Qu'on perdait de l'eau et que, par déduction, on perdait de l'argent. Que l'argent, ce n'était pas de la merde et que ce n'était pas simple d'en ramener. Que si c'était si simple d'en ramener, il n'y aurait pas autant de pauvres. Elle ne captait pas trop, la Séverine. Elle bouillonnait à chaque mot que je prononçais.

— T'es vraiment pas un manuel. Tu ne sais rien faire tout seul !
— Je préfère travailler avec ma tête, moi.

J'étais dans mon rôle, mais sans doute un peu trop. Résultat, on s'est engueulés. Soi-disant que j'étais aussi con que j'étais mauvais en réparations. Apparemment, dans ma tête, il y avait autant de vent que sur la côte Atlantique. Je n'étais ni un homme d'intérieur ni un homme d'extérieur, selon elle. Les reproches fusaient, j'encaissais, je faisais le dos rond.

— Je sais même pas si t'es un homme. Travailler avec sa tête, c'est la meilleure ! Tu travailles avec rien, tu travailles pas ! T'es le type le plus con que je connaisse et pourtant j'ai vécu dix ans en Seine-et-Marne ! T'es une tanche, Fred !

Mon plan s'écaillait, alors, pour ne pas trop enveni-mer nos rapports, je suis sorti prendre l'air (au bar). En règle générale mon absence la calmait. Quand je suis rentré, elle pionçait dans le canapé, paisible. J'ai tout de suite compris qu'il s'agissait d'une marque d'humilité. Sa manière à elle de s'excuser, de me faire comprendre que ce n'était pas à moi de dormir dans le salon ce soir-là. Les torts lui revenaient et elle les assumait. Dans une volonté exacerbée de bannir la moindre parcelle de rancune, j'ai accepté de pardonner et je suis allé me coucher dans le grand lit de notre chambre. Le lendemain, au réveil, elle me parlait à peine, elle n'était pas du matin.

— Ce soir, je te fais un bon dîner, ma douce.
— Ah ouais ?

Arguant qu'elle n'avait personne d'autre avec qui passer son anniversaire, elle a consenti à accepter mon invitation. Je l'aimais comme jamais. Mes sentiments ne se sont même pas atténués après en avoir eu pour soixante euros de courses. Juste pour le dîner, et deux bouteilles de vin.

En entrée, j'avais préparé des verrines de saumon et d'avocat, avec du fromage frais, de la ciboulette, du citron et des œufs de truite. Comme je craignais que ça fasse un peu chiche, j'avais aussi prévu quelques petites tartines grillées végétariennes. Tomates, mozzarella, ail, basilic et un filet d'huile d'olive. Les Italiens, ils disent *bruschetta*, moi je dis tartines grillées. Pour le plat principal, un hamburger savoyard. Un énorme steak charolais, entouré de reblochon et de beaufort. Le tout saupoudré de menthe, d'échalotes et accompagné par une moutarde maison pleine de caractère. Pour le dessert, je manquais de temps et d'argent, alors j'avais juste acheté des yaourts nature et du sucre roux pour mettre dedans. Après un repas copieux, ça ne me paraissait pas trop mal, puis fallait garder de la place pour picoler un peu. Parfois, quand on a trop mangé, on n'arrive plus bien à se la coller comme il faut, on se sent lourd, emprunté.

Un peu plus tard dans la soirée, ses deux bonnes – et seules – copines devaient nous rejoindre et elles ne crachaient pas sur la boisson non plus, ce qui n'était pas pour me déplaire.

En fin d'après-midi, on a commencé à se prendre un petit apéro. Un porto blanc. Pile à ce moment-là, son vieux s'est mis à taper à la porte. Le timing était parfait.

— Ah ! Entrez donc, monsieur Rodriguez !

Un nom portugais, c'est toujours plus crédible dans le milieu des professions manuelles. Le vieux est entré, a tourné la tête vers Séverine, qui se trouvait dans le salon, et lui a adressé un signe de la main. Ce genre de signe, presque militaire, qui part de la tête et dont l'index est le seul décisionnaire. Son déguisement n'était pas trop mal, au vieux. En plein dans le cliché, tee-shirt blanc, salopette bleue, une caisse à outils et une casquette qui dissimulait tant bien que mal une perruque assez grotesque, mais dans l'ensemble, il s'était assez bien débrouillé. Je l'ai emmené dans la salle de bains, puis j'ai fait mine de lui expliquer le problème. Séverine faisait la gueule.

— Tu pouvais pas t'occuper de ça à un autre moment ? Même pour ça, t'es une merde.

Elle gueulait. C'est vrai qu'elle m'en faisait baver, elle était dure avec moi, mais elle devait avoir ses raisons. Je n'ai jamais été un mauvais bougre, juste un mec fidèle, avec les codes et l'éthique mais, visiblement, ça ne devait pas suffire. Et je m'en voulais. Je m'en voulais terriblement de ne pas lui plaire. De n'être que moi. Finalement, j'ai réussi à la calmer et on a repris un deuxième apéritif. Au bout de quinze minutes, le vieux est revenu dans le salon pour dire qu'il avait terminé son travail. Il jouait bien le jeu, le con. Séverine ne le regardait même pas.

— Monsieur Rodriguez, vous prendrez bien un verre avec nous ?

Alors qu'elle me fusillait des yeux comme l'aurait fait une vipère sous amphétamines, son père m'a répondu.

— Ah, ça, j'dis pas non !

Ça devait être un tic de langage, ou alors elle avait juste reconnu sa voix, mais au moment où cette phrase est sortie de la bouche pâteuse de son paternel, Séverine a cessé d'organiser mon meurtre dans sa tête pour se tourner brusquement vers ce timbre gouailleur qu'elle connaissait tant.

— Papa ?

Ils se sont mis à chialer. Je les ai laissés un peu se retrouver et j'en ai profité pour aller me mettre derrière les fourneaux. D'un air très satisfait, et avec une voix de vieux crooner de bal musette, j'ai même balancé un truc marrant depuis la cuisine.

— Chérie, tu ne vois pas d'inconvénient à ce que je rajoute un couvert pour le plombier ?
— Ta gueule.

Elle semblait contente. Il fallait juste apprendre à la cerner. Le repas s'est plutôt bien passé, et ma cuisine a remporté un franc succès auprès de mon beau-père. J'ai eu droit à un tapis d'éloges.

— C'est un chouette gars que tu t'es dégoté là.
— Si on veut.

Venant de Séverine, il s'agissait là d'une véritable déclaration d'amour. Putain, elle l'aimait son Fred ! Comme une dératée qu'elle l'aimait. À la fin du repas, ses copines sont arrivées. J'ai débarrassé la table et on s'est mis à boire tous les cinq. J'ai fini complètement torché. Beau-papa aussi. D'ailleurs, il s'est endormi sur le canapé, ce qui me donnait un prétexte pour finir ma nuit avec Séverine, dans le plumard. Au poil. Vers trois heures, une des deux nanas s'est tirée. L'autre a voulu rester boire un dernier verre avec moi, alors que Séverine, touchée par l'ivresse, avait décrété qu'il était temps pour elle d'aller se pieuter. Pas vicelard pour un sou et assez content de trouver un acolyte pour continuer à picoler, j'ai répondu par l'affirmative à la proposition de l'autre nana. Un dernier verre, ça ne fait de mal qu'à celui qui n'a plus soif. Et moi, j'avais encore soif, alors par déduction je me suis dit que ça ne pouvait pas me faire de mal. Jouir d'une telle dialectique me mettait parfois dans l'embarras.

Rapidement, la gonzesse, Zoé, s'est mise à me faire des sous-entendus plus ou moins explicites. Si je n'appartenais pas à la caste des nobles, je m'autoriserais sûrement à vous dire qu'elle sentait la bite. Elle avait dans les trente ans, bien foutue et tout et tout. Moi, j'ai fait celui qui n'entendait pas, de toute manière, seuls mon godet et ma Séverine trouvaient grâce à mes yeux. Puis d'un coup, comme un guépard, elle m'a sauté dessus, sans que j'aie le temps d'esquisser le moindre geste. Elle avait su profiter d'un moment d'inattention, d'une légère baisse de la garde pour bondir comme un prédateur sur sa proie. Je n'étais que gibier. Un bestiau voué à nourrir l'appétit sexuel de Zoé.

— J'ai envie de toi. J'ai envie de me faire repasser. Tu saurais me repasser ? Je suis sûre que ton fer est chaud, lisse, moi, y a des plis.

Elle me caressait la nuque et ondulait son intimité contre l'emplacement qu'elle avait estimé être celui réservé à mon mandrin. Elle avait tout bon, en plein dans le mille. Ouais, le fer était chaud, brûlant même, mais je faisais partie de la catégorie des fidèles, alors j'ai poliment décliné son invitation, je me suis extirpé de ses bras et l'ai raccompagnée à la porte. C'est au moment de se dire au revoir qu'elle s'est à nouveau jetée sur moi. Elle a soulevé sa robe. Pas de culotte, pas de soutien-gorge. Du vice, de la chapelure, mais pas de culotte.

— Repasse-moi !

Bien qu'excité comme jamais, j'ai encore réussi à m'extraire – non sans mal – de cette étreinte et je lui ai claqué la porte à la gueule. Une érection de fou furieux me pompait tout mon sang, à tel point que j'avais peur que mon cœur ne soit pas irrigué correctement. L'arrêt cardiaque me guettait.

Le vieux, lui, ronflait comme un porc sur le canapé, allongé, peinard, dans sa salopette bleue de plombier portugais. J'ai fini mon verre pour me calmer, puis un autre, et je suis allé rejoindre ma fleur dans le lit conjugal. J'avais le pédoncule gonflé à bloc. Je me sentais botaniste, amoureux de la nature, du moindre bourgeon. Des lilas, de ce papillon qui virevolte dans les airs. De la vie, de la nature. Des douces saisons, des vertes pâtures. De cet agriculteur besogneux qui ne réfléchit plus et se contente de bêcher pour oublier la monotonie d'une vie à laquelle ses études de droit pénal ne semblaient pas le prédestiner. J'aimais le monde dans son intégralité, y compris les gens de la région PACA et les chauffeurs de taxi. Séverine dormait depuis une bonne heure déjà. Avec délicatesse, j'ai commencé à lui caresser les jambes, les cuisses. Elle pionçait bien. Alors je l'ai embrassée dans le cou, puis sur la bouche. Ça l'a réveillée.

— Casse-toi Fred, j'ai envie de gerber.

Après le second refus, qui faisait suite à ma seconde tentative, j'ai compris que l'abeille n'allait rien butiner, alors je me suis tourné et j'ai essayé de dormir. Je m'en voulais, mais je ne pouvais pas m'empêcher de penser à Zoé. C'était plus fort que moi, elle m'obsédait. Ma Séverine, à n'en pas douter, je ne la méritais pas, et le fait de ne pas avoir le droit de l'honorer était une juste réponse de la vie. Amer constat.

Enfin bon, maintenant c'est terminé, c'est de l'histoire ancienne, comme on dit.

4

Le temps qui passe, c'est un truc qui me fait réfléchir. Ça m'interpelle, je me pose des questions, je griffonne des trucs sur du papier journal, à côté des mots fléchés. Des réflexions en vrac, comme elles me viennent.

« Si les secondes étaient des heures, on vivrait beaucoup plus vieux. »

Le sujet me travaille. Les horloges, les montres, les sabliers. Toutes ces choses qui, sans le moindre scrupule, me rappellent que la fin de mon œuvre approche. L'immensité de l'univers, le fait qu'on tienne à sept milliards sur un corps céleste gravitant au milieu de nulle part, entourés d'étoiles, d'astéroïdes, de météorites et d'une boule de feu sans laquelle on ne pourrait pas boire de bières. Ni même se branler. Qu'on soit cosmologiste, religieux, ou chômeur, c'est intrigant. La vie, la mort. Un ovule pour des millions de spermatozoïdes. L'alchimie de deux êtres qui en forment un. Et combien d'alchimies, de rencontres, de concours de circonstances a-t-il fallu pour qu'on soit là ? Des fois, quand je suis au bar, j'essaye d'avoir un certain détachement, alors je pense à tout ça, aux mystères de la vie, à l'incommensurable énigme de l'existence. Et des mecs parasitent mes réflexions avec des problématiques à la con.

— Moi vivant, jamais tu m'verras boire du rosé.
— En été, c'est agréable.
— Moi, l'agréable c'est quand je bois un jaune, tu vois.
— Ouais, moi aussi, je préfère le jaune. Même en hiver, c'est agréable.
— Ouais, c'est peut-être une question d'couleur.

Pourquoi venir sur Terre ? Pour ça ? Je ne crache pas dans la soupe, je ne suis pas le genre de mec qui côtoie des gars moyens pour se sentir supérieur. Moi, je suis peinard avec les gars, je les aime beaucoup. Une partie de cartes, une tournée de calva, des discussions stériles. Un pari bien senti sur un canasson. J'adore cette vie, mais je ne peux pas m'empêcher de penser que les autres, les gus qui traînent au bar avec moi, ne se rendent pas compte qu'on est un ramassis de merdes. Qu'on ne vaut rien. Qu'on aurait dû laisser notre place à d'autres. Et je ne vaux pas plus qu'eux parce que j'en suis conscient. Au contraire, c'est pire. En fait, quand je vois que je suis en train d'occuper ma vie à picoler, voler de la viande dans les grandes surfaces et ne rien faire d'autre que gâcher ma chance, l'alchimie des alchimies de mes aïeux depuis des millions d'années, je me dis que c'est dommage. Enfin peut-être pas, après tout. Une vie n'est pas forcément faite de grandes réussites. Apprécier les petites choses, c'est bien aussi, s'en satisfaire, c'est beau.

Un onglet aux échalotes, une présentatrice météo avec de belles cuisses, un plumard, des copains et du vin. Un peu de blé. Je n'en demande pas trop. Y en a qui craquent pour un cabriolet, une Rolex, des restos chic, mais moi, ce n'est pas ma came.

— Ça sert à rien d'être le plus riche du cimetière.

C'est mon vieux qui dit tout le temps ça. Niveau famille, je n'ai plus que lui, mon oncle – celui qui me loue mon appart – et deux, trois cousins que je ne vois jamais. Ils habitent dans la Sarthe, à la limite de la Mayenne. J'avais un petit frère, mais il est mort. Il s'est fait renverser par une bagnole quand il avait vingt-deux ans. Les secours ont fait ce qu'ils ont pu, mais après vingt heures de soins intensifs, alors qu'il était dans le coma, il s'est finalement éteint. Y avait rien à faire, il a dit le médecin.

Ce jour-là, on mangeait chez mon vieux, tous les trois. Entre garçons. On parlait football, projets, nanas, politique. Des discussions de mecs qui boivent à table et jactent plus pour occuper le temps que pour apporter des arguments, développer un raisonnement tangible, intéressant. Il ne ressortait rien de nos échanges, mais notre père en était friand. Rien ne lui faisait plus plaisir que de parler gonzesses avec ses deux canards. Il se la jouait homme à femmes pour nous impressionner. Il mentait un peu sur ses exploits, mais jamais on ne remettait en cause la véracité de ses histoires. On

44

aimait ses bobards, et au fond, on y croyait un peu. On le regardait avec des gros yeux.

— Nan, arrête !

On disait des trucs comme ça, des fois. Alors il reprenait, et il en rajoutait une couche.

— C'est à ce moment que sa sœur jumelle est arrivée. Je vous dis pas, les mecs...
— Nan, arrête !

Ce midi-là, on avait bien bu. Au moins cinq bouteilles, de mémoire. Je n'avais que vingt-cinq ans à l'époque, mais le jaja, j'étais déjà tombé dedans depuis une dizaine d'années. Je ne vivais que pour ça. Une fois l'alcool terminé, j'ai eu l'impression que ce moment de complicité père-fils le serait aussi. Comme si la vinasse conditionnait nos rapports, nos rires, les trucs qu'on partageait. Moi, je leur racontais mon histoire de cul avec Valérie en Angleterre. Je l'enjolivais un peu, forcément.

— Je l'ai dé-mon-tée ! Un carnage ! Paf, paf, paf.

Je mimais des positions que je n'avais vues que dans des films pornos bulgares à petit budget. J'étais obligé de mentir. J'avais, posés sur mes épaules, deux statuts lourds de sens, grand frère pour l'un, fils aîné pour l'autre. Un aller-retour maladroit dans une fille que je dégoûtais à moitié, ça ne suffisait pas à faire de moi un modèle, encore moins un futur chef de horde. Je me devais d'en rajouter, d'exagérer, d'avoir l'air sûr. Il fallait que je donne l'impression de maîtriser mon sujet.

— Adrien, tu veux pas aller nous reprendre à boire ?

J'ai posé cinquante balles sur la table, le billet bleu avec la gueule de Saint-Exupéry dessus. Mon petit frère, Adrien, appréciait tout autant que nous ce moment. Il était plus discret, moins hâbleur, mais n'en pensait pas moins. De nous trois, c'était sans doute lui qui connaissait le mieux les filles, et le reste aussi. En garçon intelligent il le savait, mais il se complaisait dans le rôle du petit frère épaté. D'une certaine manière, il regorgeait d'admiration à notre égard. C'était palpable, et encore aujourd'hui, je me demande pourquoi.

— On a déjà bien bu, Fred.

Mon père avait dit un truc comme ça dans l'espoir de tempérer mes velléités d'ivrogne.

— Ouais, mais on n'est pas bien, là ? j'ai répondu.

En signe d'approbation, notre vieux a penché la tête et s'est allumé une cibiche. Puis il a sorti cinquante francs de sa poche, et m'a fait signe avec son doigt de reprendre mon billet. Adrien souriait. Il est parti sans se plaindre, sans même évoquer l'idée que je l'accompagne. C'était le rôle du petit frère. Le grand racontait les histoires et le père sortait le flouze. Les choses étaient établies. Pareil que pour les poissons panés, c'est avec le riz qu'ils se marient le mieux. Le petit frère, il va chercher à boire. Puis, le petit frère, il se fait renverser au premier croisement de la rue par un mec bourré. Et enfin, le petit frère, il meurt d'une hémorragie interne.

Très longtemps, je me suis senti coupable. Je ne mangeais plus. Et un jour, je me suis réveillé et je n'avais plus mal. La douleur s'était envolée en l'espace d'une nuit. Son image me manque, notre complicité aussi, mais je n'ai plus mal, j'ai cicatrisé. Même s'il n'a rien dit ouvertement, ou sous-entendu quoi que ce soit, mon père ne me l'a jamais pardonné. Pas l'ombre d'un reproche n'a été murmuré, mais ses yeux ne réussissent plus à me donner de l'amour, de la tendresse. Le regard aimant de mon père, si bon, s'est fait renverser en même temps que mon frère. Au coin de la rue, à cause d'une bouteille de pinard. Et d'Antoine de Saint-Exupéry.

Peu après l'accident, j'ai voulu devenir prêtre. Je ne m'étais jamais vraiment posé la question de la religion auparavant. J'avais fait ma première communion, de temps en temps, je joignais mes mains en implorant le ciel quand je voulais vraiment un truc, mais guère plus.

Je crois que dans ces moments-là, on essaye de se réfugier derrière ce qu'on peut. Moi, ç'a été Dieu. Et puis, si je pouvais mettre à profit mes accointances avec le rouge, au nom du Christ, et gagner mon ciel par la même occasion, c'était tout bénef. D'autant plus que j'avais l'impression d'avoir fait vœu de chasteté malgré moi, alors bon. Convaincu de mes qualités d'homme d'Église, je suis allé dans la paroisse la plus proche de chez moi pour rencontrer un curé et connaître les démarches à suivre pour faire partie de l'équipe.

Le père François, qui prêchait à la paroisse Saint-Eugène, rue du Conservatoire, m'a très vite refroidi. Visiblement, on ne pouvait pas devenir prêtre comme ça, par envie. Par simple désir. Fallait que ça soit une véritable vocation. Se sentir missionné.

— Recevoir l'appel du Seigneur.
— J'suis sur liste rouge, j'ai dit.

Pour entrer dans les ordres, j'avais besoin de l'adoubement de l'Église, d'un évêque ou d'un « supérieur religieux ». Commencer par devenir séminariste et jouir d'un engagement pastoral au sein d'une aumônerie, par exemple. Rien que ça.

— Vous étonnez pas si l'Église se casse la gueule. Il est bancal votre plan, les mecs. Ça veut dire quoi ça, « supérieur religieux » ? Je suis quoi, moi, un inférieur religieux ? Au nom de quoi ? Du Père ?

Le gus m'a demandé de me calmer. Apparemment, il ne voulait pas me blesser. Lui aussi regrettait sincèrement le repli de l'Église sur elle-même. La patience et la foi, selon lui, je ne devais jurer que par ça et alors, avec l'aide du Seigneur, la vie finirait par me sourire. L'enfoiré essayait de m'endormir, un bonimenteur en soutane. Je le voyais bien, dans une autre vie, il devait être brocanteur. Un homme du dimanche, dans tous les cas.

— Rome ne s'est pas faite en un jour, mon fils.

Foutaises. Les mecs se plaignent toujours qu'il n'y a pas assez de prêtres, qu'ils sont en sous-effectif et qu'à la campagne, certains d'entre eux doivent s'occuper de plusieurs dizaines de paroisses et tout. Pas étonnant s'ils refusent les volontaires et qu'ils les qualifient d'inférieurs religieux. Je prie peut-être moins qu'eux, j'ai sûrement commis plus de péchés, mais quand on est dans le fond un bon gars, Dieu le sait. Et si j'ai bien compris sa logique, il n'y a pas de hiérarchie avec lui. Il ne tient pas un classement, on est tous égaux. Tous supérieurs religieux aux yeux du créateur. Que le père François aille se faire foutre, il n'a pas le monopole de l'amour de Jésus. Je suis parti sans lui dire au revoir, hésitant même à piquer l'argent des cierges.

Ma carrière ecclésiastique brutalement interrompue, j'ai dû me résoudre à faire autre chose. Alors j'ai bossé comme plongeur. Pas celui qui se balade dans les barrières de corail. Non, l'autre, celui qu'a les gants roses. Jusqu'ici, ç'a été le meilleur boulot de ma vie et pourtant, j'ai fait un tas de trucs. Comme je vous l'ai dit, j'ai bossé comme crêpier, et plus récemment, j'étais dans le façonnage en imprimerie. Je faisais de la menuiserie, un peu de technique lithique, de la sylviculture, des trucs qui ne parlent qu'aux mecs du milieu. Ça me plaisait bien, je touchais à tout mais la boîte a fait faillite. J'ai été peintre en bâtiment, livreur de chorbas et d'autres boulots encore. J'ai même travaillé au zoo de Vincennes. J'étais aux entrées. J'avais tissé un lien avec les flamants roses, je les nourrissais un peu, pendant ma pause.

Mais je n'ai jamais été aussi heureux qu'en faisant la vaisselle. Je bossais dans un petit établissement, dans le cœur du XIVe arrondissement, proche VIe. C'était un restau façon bouchon lyonnais, on y mangeait bien. À tout casser, le midi, on faisait vingt couverts, soit presque un peu plus que deux services. Moi à la plonge, Joseph en cuisine, assisté d'un jeune commis à la peau grasse et aux cheveux fins. La bandante et non moins agréable Amandine au service, et Claude, le gérant, en guise de chef d'orchestre. On formait une équipe géniale. Le boulot était simple et pas harassant. Même les grosses journées, je ne finissais jamais rincé, un luxe quand on évolue au-dessus d'un évier. Du coup, je n'allais pas au boulot à reculons. De la science-fiction, vu mon affection toute mesurée pour le monde du travail.

Le topo était simple, j'avais deux jours de congé suivis, dimanche et lundi, je m'envoyais une trentaine d'heures par semaine sans broncher et surtout, une fois le dernier client parti, Claude sortait la bouteille de whisky et on se la collait avec Joseph et moi-même. Parfois, pour notre plus grand bonheur, Amandine se joignait à nous. Elle était un peu plus jeune que moi. Ses études n'avaient rien donné de concluant, alors elle était entrée dans la vie active. Mais pour une serveuse, elle en avait dans le cigare. Quand je voyais son petit cul papillonner de table en table pour apporter les plats, mon destin de curé me semblait bien loin. Je crois que je l'aimais. Douce, souriante, avenante. Et si calme. Ma vie aurait été sensiblement différente à ses côtés. Elle ne s'énervait jamais, une déesse de patience, la volupté personnifiée. Et puis ce petit cul, bordel. Une reine-claude. Un petit bout de femme avec l'insouciance du printemps et la pudeur de l'automne. Ma perle, ni plus ni moins.

— Salut, Fred, bien reposé ?

Je n'attendais le mardi que pour l'entendre me poser cette question. J'en voulais aux quarante-huit heures qui nous avaient séparés. Chaque mardi, j'essayais de lui donner une réponse différente. J'avais envie de l'intriguer, de susciter sa curiosité. Il m'arrivait même d'utiliser des mots compliqués, seulement pour qu'elle remarque que malgré mon boulot pourrave, j'étais un docte personnage, un homme de lettres.

— Ma foi, oui, mais l'inexpugnable désir que j'avais de te revoir a quelque peu endigué les projets initialement fomentés par ma personne.

J'en faisais trop parfois. Je ne savais même pas si les mots étaient à la bonne place. S'ils voulaient dire ce que j'imaginais qu'ils disaient. Mais je savais en jouer pour l'amuser. Elle m'appréciait un peu, je crois.

Un soir de septembre, alors qu'il faisait encore doux à Paris, Claude a fermé la boutique et a sorti une bou-tanche. On fumait à s'en étouffer, Joseph nous racontait les emmerdes de son frangin avec le fisc, Claude se marrait et moi, j'essayais de séduire Amandine en lui remplissant son verre dès qu'elle buvait une lampée. Je lui expliquais que pour moi les sentiments amoureux ne savaient être simples. Que c'était tout le temps la même merde et que je ne parvenais jamais à m'en dépatouiller. Elle était d'accord, avec les garçons elle n'avait pas eu de chance non plus.

51

— Si l'amour que je te porte était un vêtement, il ne saurait me seoir qu'à condition d'être mal fagoté.

Cette phrase-là, je l'avais bossée pendant tout le service du soir. Je voulais jouer le plongeur meurtri. Ç'a fait son petit effet. Tard dans la nuit, alors que la soirée et l'équilibre de Claude touchaient à leur fin, je lui ai proposé de venir chez moi. Elle a refusé. J'ai quand même insisté pour la raccompagner. Par prudence. Requête acceptée par le biais d'un sourire coquin. Je devais avoir une tronche de connard quand je la regardais. Je souriais sans raison. Sur la route, on a parlé musique et cinéma. C'était une passionnée. À l'époque, je n'étais pas aussi résigné qu'aujourd'hui, la passion et l'enthousiasme des autres m'émerveillaient, j'étais jeune. Si un mec, collectionneur de gants de toilette, avait su me vendre sa passion, je l'aurais écouté, ébahi. J'étais fasciné par ce qui fascinait les autres. En fait, je n'arrivais pas à croire qu'on puisse être subjugué par quoi que ce soit. Déjà à cette époque, j'arborais un côté fataliste quant à la vie en général. Rien ne m'intéressait, à part les discussions de vieilles poches au comptoir. Je disais à qui voulait l'entendre que je me fichais de tout, et c'était le cas. Je n'avais pas vraiment de désirs, je voulais juste qu'on me foute la paix et dormir au chaud. Le reste me semblait insignifiant. À quoi bon commencer une collection de timbres alors qu'on va crever ? Pourquoi prendre la peine, et surtout le temps, de faire quelque chose de sa vie ? Pourquoi attendre, s'embraser pour un projet, attiser de petites flammes d'espoir, alors que tout est voué, inéluctablement, à finir dans le grand brasier de la mort et du néant ? Je ne saisissais pas, mais au moins j'essayais de comprendre, je respectais les autres. Ça m'attirait. Aujourd'hui, je n'en ai plus rien à carrer. Limite, les gens heureux, débordant d'énergie, d'ondes positives, ça me casse les couilles. Ils me font plus chier qu'autre chose.

Arrivés en bas de chez elle, elle m'a remercié et on s'est fait la bise. La bise, pas plus. Quelques jours plus tard, elle a démissionné et je ne l'ai – presque – jamais revue. Une autre nana tout aussi mignonne est arrivée pour la remplacer, mais ce n'était pas comparable. Le mardi, quand on me demandant si ça allait, je répondais un truc fade, sans saveur.

— Comme un mardi.

D'après les dires de Claude, Amandine avait eu des problèmes personnels. Je n'en savais pas plus. Je lui en voulais de ne m'avoir rien dit, de ne pas avoir sollicité mon aide, mon soutien. Elle me savait fou d'elle. Putain. Je n'avais pas eu un mot, pas une explication, juste un vide à combler. Peut-être que je n'étais pas digne de sa confiance, que ses soucis ne me regardaient pas. Et puis un jour, alors que je n'y croyais plus, elle s'est pointée au restau pour nous faire un coucou. Souriante, dynamique, apprêtée. Toujours plus désirable. Un cul à vous faire oublier votre taxe d'habitation, des yeux qui parlent.

J'ai eu le droit à un câlin et deux énormes bisous humides, j'étais aux anges. Et je bandais un peu. Pour ma défense, à l'époque, cette étreinte rentrait facilement dans le top trois des moments les plus sexuels de mon existence. Elle a pris des nouvelles de tout le monde, s'est mise à plaisanter avec Joseph au sujet de son jean troué, est repartie aussi vite, sans me laisser le temps de lui demander les raisons de son départ, de lui proposer d'aller boire un pot avec moi dans la semaine.

— Je dois y aller, les chéris, on se voit bientôt. J'vous aime.

Elle est sortie, a traversé la rue en courant, sans même regarder si une voiture arrivait, et s'est jetée dans les bras d'un mec à moto qui l'attendait sur le trottoir d'en face. Le gars a soulevé sa visière d'un geste sec et assuré, et lui a roulé un patin. Je ne bandais plus des masses. Ensuite, il lui a filé un casque, elle est montée derrière et s'est agrippée à lui, avec un entrain semblable à celui qu'elle avait quand elle me parlait des films avec Marlene Dietrich. Puis ils sont partis en trombe, amoureux et heureux.

Ça remonte à plus de quinze ans maintenant. Bordel, que le temps passe vite. Un jour, t'as à peine plus de vingt ans, le lendemain, t'en as quarante. Ça fait froid dans le dos, même quand on n'aspire à rien. Enfin bon, faut que je me retrousse les manches maintenant. Je vais m'y mettre.

5

L'appartement en face du mien vient d'être loué à nouveau. Il était inoccupé depuis des années. J'ai vu ça hier en rentrant. J'espère voir arriver une femme, divorcée, entreprenante. Avec des seins laiteux. Ça me ferait du bien, ça me motiverait. Avant, j'avais une vieille. Mme Pichard. Elle ne voyait personne, à part son auxiliaire à domicile. Une Antillaise sympathique avec d'énormes nibards. Toujours souriante, avenante avec la vioque. Aux petits soins. Mais bon, elle ne venait que deux heures le matin, cinq jours sur sept. Pour lui faire ses courses, lui chauffer son plat du midi et mettre un petit coup de propre dans la salle à manger. Le reste du temps, la vieille regardait des documentaires animaliers. Toute seule. Vu qu'elle n'entendait plus grand-chose, elle mettait le son à fond. Comme en plus, les murs n'étaient pas épais, j'avais l'impression de vivre dans la savane. De temps en temps, je l'entendais gémir et crier « non, non ! », de sa petite voix rocailleuse de vieille. Ça voulait dire qu'une antilope s'était fait niquer par des hyènes. Ça lui faisait de la peine à la vieille. La pauvre. Souvent, le dimanche après-midi, j'allais boire un coup chez elle. Elle proposait à tous les voisins de l'immeuble, mais personne ne venait à part moi. Les gens s'en branlent de la solitude des vieux. Au début, elle me faisait du thé, elle sortait une petite boîte métallique avec des palets bretons plus ou moins frais à l'intérieur et on goûtait. On parlait un peu, puis on s'envoyait un reportage sur l'exode des gnous en quête des vertes pâtures tanzaniennes. Un moment, ces cons-là devaient traverser un fleuve infesté de crocodiles... ça n'a pas manqué.

— Non, oh, non !
— C'était couru, madame Pichard. Couru.

Au début, je venais pour lui faire plaisir. Par pitié même, faut le dire, mais petit à petit, j'y ai pris goût. Elle ne me faisait pas chier, puis j'étais aussi seul qu'elle, alors ça devait me faire du bien. Par contre, le thé, j'en avais ras le cul. Ça me faisait pisser encore plus que la bière.

— Peut-être que vous en avez marre du thé ?

Elle m'a dit ça un jour, la vieille. Je ne me suis pas fait prier et je lui ai fait comprendre que si elle voulait me fidéliser, fallait plutôt fouiner du côté de son mini-bar. C'est ce qu'elle a fait. Dedans, il n'y avait que deux bouteilles, délaissées depuis au moins aussi long-temps que leur propriétaire. De la Suze et du calva. Sans trop hésiter, j'ai opté pour le calva parce que j'aimais bien ça et que la Suze avait vraiment l'air dégueulasse. Il restait un quart de la bouteille. J'ai tout bu. La vieille était posée sur une petite chaise en bois, les deux mains appuyées sur sa canne, les yeux rivés sur la téloche. Moi, dans le fauteuil, ma boutanche de calva en pogne, observant les paysages d'Afrique de l'Est. J'étais détendu et un peu saoul.

— Oh non, ça y est, ils l'ont encore eu. Zut alors !
— Rien à faire, ils les ont toujours, madame Pichard, ça fait partie de l'équilibre alimentaire. On n'y peut rien.

On faisait une belle équipe. Le lendemain, quand je suis descendu relever mon courrier, l'Antillaise rentrait des commissions. Dans son cabas, il y avait deux bouteilles de calva. Le message était clair. Alors je suis revenu tous les dimanches.

Un après-midi, on est tombés sur l'histoire de deux frères guépards. Liaram et Sankao, des félins aussi inséparables et complémentaires que peuvent l'être l'alcool et le Pas-de-Calais. Liaram et Sankao. Résumé rapide. Au cours d'une partie de chasse, ils ont été séparés, le temps s'est écoulé et un jour, quand leurs routes se sont recroisées, l'un des deux a bouffé l'autre sans le savoir, au cours d'un affrontement entre bandes rivales. Sans que la victime daigne se défendre parce qu'elle avait reconnu son frangin. Bref, je n'avais jamais entendu récit plus triste. En tout cas dans le monde animal. Et pourtant, *La Chèvre de Monsieur Seguin*, ce n'était déjà pas de la tarte. Mme Pichard s'est écroulée en larmes, inconsolable. Moi, j'avais déjà pas mal picolé, puis ça me rappelait mon frère, que j'avais un peu abandonné, d'une certaine manière. Je me suis surpris à avoir les yeux humides. Ç'a duré une minute, on était là comme deux cons, alors j'ai pris les choses en main, j'ai vidé la tasse de thé de la vieille dans le pot de son yucca et je lui ai servi un verre de calva. Je lui ai ordonné d'avaler ça sur-le-champ. Sans rechigner, elle l'a bu d'une traite en s'essuyant les joues, je m'en suis servi un et j'ai fait pareil. Elle en a pris un deuxième. Puis trois. Sûrement quatre, et ainsi de suite.

Au petit matin, je me suis réveillé dans le lit de la vieille. Tout habillé, chaussures aux pieds, une demi-gaule honnête dans le calbar. La voisine avait disparu, mes souvenirs aussi. J'ai eu peur de la trouver claquée quelque part, sous le lit, ou derrière un buffet, alors je me suis barré sur la pointe des pieds.

Une fois chez moi, je me suis amusé à compter les petits carreaux du carrelage de ma cuisine. Cette acti-vité stimulait des neurones que je laissais parfois livrés à eux-mêmes. Cinq cent vingt et un petits carreaux plus tard, je me suis servi une grande tasse de café froid avant de me rendormir aussi sec. En début d'après-midi, alors que je faisais les quatre cents pas dans mon salon, j'ai entendu l'Antillaise qui repartait de chez la vioque. Alors je suis sorti en trombe et j'ai demandé des nouvelles, l'air innocent. Avec tact. Pas comme un mec impliqué dans un décès ou quoi. Plutôt le genre de gars qui passait par là, débordant de pen-sées altruistes, n'arrivant pas à entamer la deuxième partie de sa journée avant d'avoir la certitude que son voisinage patauge dans le bonheur et l'allégresse.

— Alors, comment allait Mme Pichard aujourd'hui ?

— Comme une jeunette après une nuit d'amour !

Mon esprit s'est scindé en deux. D'un côté, le soulagement. Pichard était en vie, ce qui me ravissait car j'étais – en règle générale – farouchement opposé aux décès.

De l'autre, l'angoisse. Et si elle avait essayé d'abuser de moi ? Elle devait fantasmer depuis des mois sur son élégant voisin de palier. Je n'avais plus aucun souvenir de notre deuxième partie de soirée. Et ça ne me disait rien de bon.

Le dimanche suivant, la vieille me regardait en souriant, elle minaudait. J'étais un peu gêné. J'avais des tics nerveux, je croisais les jambes et les décroisais la seconde suivante. Elle était plus bavarde qu'à l'accoutumée, elle s'était maquillée et me demandait des trucs au sujet de ma vie et de mes attentes. Je répondais sèchement à ses questions pour lui faire comprendre qu'il ne fallait pas qu'elle s'attache. On pouvait rester amis, mais j'étais un <u>homme</u> de passage. Elle devait le comprendre. Fred, l'amant indomptable, le courant d'air. Cet après-midi-là, le documentaire animalier avait une saveur un peu différente, je me posais des questions.

Quelques jours plus tard, elle a cassé sa pipe. Elle avait pris goût à la boisson et avec tous les médocs qu'elle avalait, ça lui a été fatal. À l'enterrement, il n'y avait que moi, une amie de longue date, deux paroissiennes atteintes de la cataracte et Marlène, l'Antillaise.

— Vous avez été le dernier grand bonheur de sa vie, monsieur Fred.

— Vous croyez ?

J'avais plutôt l'impression d'avoir été le déclencheur d'une mort qui n'était pas programmée pour tout de suite. Non, ce n'était pas avec son thé aux quatre saisons et ses gâteaux secs qu'elle aurait passé l'arme à gauche, la vieille. L'alcool lui avait probablement redonné un certain équilibre au début, mais à la fin, elle s'enquillait presque un litre de calva tous les jours. Moi, je n'allais plus trop chez elle, mais Marlène s'inquiétait de son état et m'en faisait part quand on se croisait dans le hall. À juste titre, puisque trente-quatre jours après notre première cuite, elle avait filé rejoindre Liaram là-haut, avec les guépards trop fragiles pour la savane et les autres vieux abandonnés dans ce que j'imaginais être le paradis des âmes solitaires.

Le soir des funérailles, j'ai bu un coup, histoire de. Puis je me suis rendu compte qu'avec Adrien, ça faisait déjà deux personnes dont la mort m'était plus ou moins imputable. Les deux fois à cause de la boisson. Ouais, c'est comme ça, dans la vie il y a parfois des constats dont on se passerait bien.

Comme j'avais gardé contact avec Marlène et qu'elle passait me voir de temps à autre pour parler de la couleur du ciel et de la finesse du sable de sa terre natale, je lui en avais touché deux mots. Elle m'avait répondu que je n'y étais pour rien. Que le destin, on ne l'écrivait pas. Qu'il ne fallait pas que je me sente coupable, d'autant plus que j'avais été le seul à faire l'effort de venir lui rendre visite. Ce n'était pas faux.

le destin ? antillaise !

Cette femme, Marlène, incarnait le bien. J'aurais aimé être capable de mieux la décrire. De tresser ses louanges avec autant de finesse qu'elle se nattait les cheveux. De lui dire qu'au fond je l'aimais, elle et sa joie de vivre. Elle et sa manière de ne jamais se laisser aller à des pensées négatives. Elle et sa manière d'onduler les mots, ses hanches. Les rapports qu'elle entretenait avec les gens, son accent créole.

Marlène vivait dans le quartier de la Goutte-d'Or, elle était veuve et mère de quatre enfants. Elle cumulait les boulots et avait éduqué ses rejetons avec l'aisance que je peux avoir quand je dois reluquer un cul discrètement dans la rue. Généralement, j'attends que la nana passe, puis je fais mine de me tromper de chemin ou d'avoir oublié un truc à la maison, demi-tour et là, si la voie est libre, je chouffe ce qu'il y a à chouffer. Puis je me gratte la tête et je repars dans ma direction initiale, repensant à la chute de reins qui vient de m'échapper, maugréant contre la vie et ses tentations.

Le Sexe

Un jour, Marlène a consenti à me montrer ses nibards. Avec le recul de l'homme réfléchi que je suis, ce moment constitue le quatrième plus beau moment de toute mon existence. Devant sa poitrine, je me suis senti vivant. J'ai compris que si mes artères coronaires irriguaient mon myocarde, c'était pour ça. Je n'ai pas peur de le dire, j'étais venu sur Terre pour ça. Pour contempler la poitrine de Marlène.

Le vendredi, elle venait souvent me rendre visite car le lendemain – le samedi, en d'autres termes – constituait son seul jour de repos. On dînait ensemble et après on buvait un coup, un vin cuit ou un punch.

#3 Derrière les fourneaux, j'étais un véritable prodige, je maîtrisais le dressage, la cuisson, je jonglais avec les épices, rajoutais de l'estragon, de la coriandre, je transcendais les saveurs et comme en plus, jamais un homme n'avait pris la peine de lui cuisiner quelque chose, elle y avait pris goût et pas qu'un peu. De mon côté, j'aimais l'imaginer heureuse de pouvoir, une fois par semaine, se mettre les pieds sous la table. Sans rien d'autre à faire que de se nouer une serviette autour du cou. Quand on a passé sa vie au service des autres, ces détails ont de l'importance. En homme intelligent, je le savais.

Ce soir-là, j'avais préparé un médaillon de rouget escorté d'une crème anglaise salée pleine de légèreté. Ça ne paye pas de mine dans l'assiette, mais une fois en bouche, ça vous transforme une féministe convaincue en mère au foyer docile qui se la ferme pendant « Stade 2 ». Pour le plat principal, en hommage aux Antilles, je m'étais lancé dans un colombo de lotte, accompagné de potimarron et de haricots rouges. En dessert, un demi-pamplemousse ou un brugnon. Faut rester simple.

Conquise. CON-QUISE ! Parfois, on peut dire les choses de différentes manières, tempérer ses propos – la richesse de la langue française le permet –, mais là, impossible. Elle ne savait rien faire d'autre que d'être conquise. Elle miaulait, se resservait et me balançait des fleurs que je faisais semblant de ne pas savoir attraper.

— Dé-li-cieux ! Dites-moi comment vous remercier.

— Votre présence suffit à me combler, Marlène, croyez-moi.

Elle s'est mise à insister en me reservant du porto blanc, puis du vin rouge qu'elle avait apporté pour l'occasion. Elle me proposait de me faire des courses ou de s'occuper de mon linge. Son humilité l'honorait. J'avais presque l'impression de l'avoir offensée en lui ayant mijoté une telle merveille. Peut-être que, en tant que domestique, elle ressentait encore une sorte de soumission sous-jacente envers l'homme blanc ? Voyait-elle en moi un colon, un béké ? Je ne voulais pas y croire. Devant ses supplications, acculé comme jamais et un peu éméché, je me suis laissé aller. J'ai cédé pour lui faciliter les choses, lui permettre de s'endormir l'esprit léger, lui donner l'impression que la balance avait trouvé son équilibre.

— En fait, il y aurait bien une chose...

— Ce que vous voudrez !

— C'est que... C'est un peu délicat, je ne voudrais pas vous offenser.

Elle n'a pas eu l'air de se braquer outre mesure, alors je lui ai balancé le truc net d'impôts. Je voulais voir ses seins, rien d'autre. J'en mourais d'envie. Voilà.

— Monsieur Fred, je n'imaginais pas une chose de la sorte.

Elle ne s'attendait pas à ça. Je me suis confondu en excuses sur-le-champ. Je lui ai promis de ne plus jamais lui faire une proposition du même acabit. J'espérais n'avoir rien gâché entre nous et ne pas avoir abîmé notre relation naissante, basée sur le respect et la confiance. La picole m'avait fait dire une chose horrible, le carignan était un cépage vicieux, un pousse-au-crime, la responsabilité m'échappait presque.

— Je ne sais même pas comment j'ai pu me montrer si déplacé. Pour l'amour du Ciel, pardonnez-moi.

— Non, mais c'est que...

— C'est que je suis un goujat, voilà tout, une raclure de bidet. Je le sais bien, une vulgaire couche de tartre. Un parasite qui profite des aides pendant que d'autres se cassent le cul au chagrin et qui se permet, en plus de ça, de se comporter comme un malappris avec les femmes respectables. Des femmes qui se lèvent le matin pour bosser et ne rentrent pas le soir pour exhiber leurs atouts à des pauvres types dans mon genre.

J'en faisais des tonnes. Parce que, au fond, je sentais bien que l'affaire n'était pas si mal embarquée. Fallait juste la faire un peu culpabiliser. Je touchais au but.

— Non, mais après tout, ce n'est rien. Vous voulez seulement les voir, n'est-ce pas ?

— Seulement, oui. Même un millième de seconde. Je garderai mes mains dans mon dos et une certaine distance, bien que vous n'ayez rien à craindre de moi.

— Bon, c'est d'accord.

Après une dernière hésitation, elle a soulevé son débardeur. Là, couvées par un soutien-gorge digne dans l'effort, deux énormes mamelles statuaient sur mon sort. Deux montgolfières géantes remplies d'hélium. Mon être tout entier en dépendait. Dans mes songes les plus dégueulasses, je n'avais jamais eu l'audace d'imaginer pareille chose. Dieu venait de se manifester, il m'avait envoyé un message.

— Marlène, le soutien-gorge, par pitié.
— Monsieur Fred...

D'un geste plein de maîtrise, elle a ôté tour à tour chaque sein de sa prison de nylon et les a laissés pendre pour l'éternité. J'ai frôlé le malaise, ma tension était basse. Je sentais mon cœur battre dans mes tempes, j'avais chaud, puis froid, et chaud à nouveau. Je vivais, j'étais une rock star, un moine bouddhiste, un péagiste intérimaire. Tout à la fois. Mon corps ne répondait plus de rien, je pouvais me pisser dessus d'un moment à l'autre. Je ne distinguais plus le bien du mal, le noir du blanc. Ma langue pesait une tonne, ma salive sécrétait des hectolitres. J'avais les larmes aux yeux.

À contrecœur et par sagesse, je l'ai autorisée à se rhabiller et suis allé dans la cuisine pour fumer une clope et me passer un peu d'eau sur le visage, comme l'aurait fait n'importe quel mec dans ma situation. Soit dit en passant et uniquement à titre informatif, je bandais menu.

— Vous voulez un peu d'aide pour la vaisselle ?

Je lui ai passé un torchon. Elle pouvait essuyer, mais la plonge, ça m'appartenait. J'avais fait mes preuves, les gens du milieu savaient ce que je valais au-dessus d'un évier, et l'état de fébrilité dans lequel je me trouvais après un tel spectacle n'y changerait rien, je savais faire la part des choses. Le recul, c'est important. Les pis d'un côté, les assiettes sales de l'autre, et moi au milieu. La vaisselle terminée, Marlène s'en est allée. On s'est fait une sorte de câlin, quelque chose de doux, puis elle a descendu quatre, cinq marches et s'est retournée pour me sourire. J'étais resté sur le pas de la porte, mon torchon sur le bras, un regard bienveillant posé sur cette femme que j'admirais.

Ouais, enfin bon, comme j'ai l'habitude de dire, les souvenirs, c'est sympa, mais ça ne remplit pas le frigo. Il est temps d'aller se coucher, parce que demain j'ai une grosse journée, demain je m'y mets. Mais d'abord, un dernier verre.

DEUXIÈME PARTIE

6

Quand je me suis réveillé le lendemain, je savais que c'était le jour J. Le soleil ne pouvait pas se coucher sans qu'une idée ait germé dans le pot fertile de ma caboche. Ce n'était pas gagné d'avance car un méchant mal de crâne semblait vouloir annihiler toutes les bonnes résolutions dont j'aurais pu être l'instigateur. Je n'avais que de légers souvenirs des derniers moments passés la veille au soir. J'avais dû boire quelques verres. À ma décharge, je n'étais pas coutumier de la grosse biture en solitaire. Normalement, je buvais mon pinard et, une fois grisé, j'allais dormir. Mais là, je m'en étais ramassé une bonne, je le sentais. Et les cadavres de bouteilles étaient là pour me conforter dans mon opinion. La faute à une certaine mélancolie, aux souvenirs, un verre en entraînant un autre, ça va vite. Personne n'est à l'abri de la grosse biture en solitaire.

Le matin – du moins ce que je considère être le matin –, j'ai mes petites habitudes. Mon équilibre vital réside aussi dans le fait d'être réglé comme une montre suisse. Je ne suis pas du genre à bannir l'imprévu, j'aime assez me surprendre, varier les sauces quand je bouffe un grec ou un burger, mais il y a certaines choses avec lesquelles je ne plaisante pas. Le rituel qui consiste à me laver le visage avec mon savon au lait d'ânesse en fait partie. L'eau doit être tiède, mais plus proche du froid que du chaud. Je n'aurais pas l'outre-cuidance d'affirmer que mon épiderme est d'une rareté quasi scientifique et qu'il mérite la plus grande atten-tion lors de ma toilette, mais qu'on me pousse pas trop car je ne suis pas loin de le penser. Ma peau est lisse, uniforme et jamais grasse. Une fois propre, j'aime bien regarder le flash info de la chaîne qui en diffuse continuellement. C'est important de se tenir informé, ça sert.

Juste avant, j'ouvre la grande fenêtre de mon salon car l'odeur de tabac froid ne me plaît guère au réveil. Et puis c'est le courant d'air qui me sèche le visage, c'est agréable. Ainsi, je n'utilise mes serviettes qu'au sortir de la douche. C'est une organisation, un pli à prendre, mais rien de vraiment sorcier.

Ce matin-là, tout semblait rouler, mais un dérange-ment olfactif perturbait les bonnes dispositions que j'étais prêt à prendre. L'odeur semblait émaner de la cuisine. Il est vrai que je ne suis pas très regardant sur le tri de mes déchets, il m'arrive de jeter une viande dont la date de péremption est dépassée et de la laisser pourrir longtemps au fond d'un sac plastique.

À tous les coups, un aliment se vengeait de ma négligence à son égard. Je me suis approché pour essayer de repérer la chose gênante. J'ai assez rapide-ment localisé la source. Debout, rivé au-dessus de mon évier, je me caressais le menton pour accentuer mon incompréhension, car la scène qui s'offrait à moi ne laissait que peu de place au doute : j'avais chié dans mon évier. Ça peut prêter à sourire, mais il faut le vivre avant d'évoquer le degré comique d'une pareille mésaventure. Avant de nettoyer, je suis allé m'asseoir, abasourdi. Je savais ce que je valais, je ne m'en étais jamais trop fait à ce sujet. J'étais un carnassier, pas de doutes là-dessus, j'avais les codes, mais là – j'ai la clairvoyance et l'honnêteté de l'avouer –, je ne me reconnaissais plus. Boire seul et déféquer dans un évier, de surcroît quand on connaît la tendresse que j'éprouve pour la plonge et son univers, ça ne ressemblait pas au Fred que j'estimais. Il n'y avait pas d'autre solution que de s'y mettre. Et c'est ce que j'ai fait. Ç'a été le déclic, le vrai.

J'ai commencé par aller jouer au Loto, on ne sait jamais. Ensuite, j'ai fait la tournée des bars où je traînais un peu pour savoir si on ne cherchait pas un plongeur ou un homme à tout faire. Omar, qui tenait un bar à Strasbourg-Saint-Denis, m'a fait savoir qu'il avait besoin d'un employé polyvalent pour la journée du samedi. Soixante euros pour lui faire le marché, servir le couscous du midi et nettoyer la partie cuisine. J'ai accepté. J'ai toujours eu des accointances très limitées avec le boulot, mais une demi-journée par semaine, ça restait dans mes cordes. Et puis Omar n'était pas le dernier à payer des coups, ça ne me laissait pas indifférent.

À peine une heure que j'étais dehors, j'avais déjà un boulot et un ticket de Loto potentiellement gagnant. Mon efficacité était sans égale. L'esprit léger, j'ai bu un demi en bas de chez moi et je suis remonté faire un petit somme. Quand j'ai émergé, il faisait nuit.

Mes deux bouteilles de rouge me faisaient les yeux doux mais j'avais envie de sortir. Je ne voulais pas risquer de passer à côté de la femme de ma vie. Peut-être était-elle en vadrouille ? Pour fêter notre collaboration, je me suis dirigé vers le zinc d'Omar.

En chemin, j'essayais de m'imaginer ma nouvelle vie si je gagnais au Loto. Je crois que j'aurais acheté un bar dans un coin sympa. Un bar normal, avec des gens normaux. Bien que savant et appartenant à une certaine élite intellectuelle, mon étoile du berger, c'était la simplicité. La lumière ne me faisait que moyennement envie. Des demis de bière, des belotes entre gens honnêtes, ça me suffisait. Les questions existentielles, la théorie des cordes, la loi de la gravité, la formation des arcs-en-ciel, autant de problématiques sur lesquelles je n'avais pas envie de me pencher. Bien entendu, avec un peu de bonne volonté et quelques heures de réflexion, j'aurais pu apporter ma pierre à l'édifice. J'aurais pu aider les mecs chargés de répondre à tout ça, mais la stricte vérité, c'est que je n'en avais pas envie. La démocratie avait fait de moi un homme libre, elle devait assumer.

C'était en partie grâce à ce genre de réflexions que j'avais la confirmation d'être un génie – incompris. Aspirer à une vie moyenne est, sans l'ombre d'un doute, la meilleure façon de ne pas souffrir. Un jour, j'écrirai une thèse là-dessus, intitulée *Apologie du moyen, et de toutes sortes de gâteaux apéritifs*.

Les trente euros que j'avais sur moi et qui constituaient mon budget pour la soirée ont été avalés en un peu plus de deux heures chez Omar, si bien que j'ai dû lui demander une première avance sur salaire de dix euros pour me reprendre deux ou trois godets avant de rentrer. Le bougre n'était pas difficile en affaires, c'est aussi ce qui nous unissait et laissait présager une coopération fructueuse, entre gens simples. Une seule chose me chagrinait un peu, je n'avais pas croisé l'ombre d'une fille. Henry La Mèche, M. Zyed, Marco, Titi, Jean-Luc et deux autres gars du Val-de-Marne que je ne connaissais pas, mais pas une seule gazelle dans le bar, le néant. Alors je suis reparti comme j'étais venu, avec mes certitudes, ivre et seul. J'ai salué l'assistance avec l'humilité qui me caractérise et j'ai pris la poudre d'escampette, tel un matelot sans attache, voguant sur le grand océan de la vie.

Peu après être sorti, j'ai vu une nana qui tapinait au bout de la rue. C'était monnaie courante dans le coin. Je n'avais pas dans l'idée de consommer, et de toute manière, je n'avais plus un rond, mais comme cet itinéraire était le plus court pour rentrer chez moi, je me suis avancé vers elle en espérant qu'elle m'accoste. Mon ego s'en serait satisfait et peut-être que mon charme aurait dissous la barrière de l'argent. Ce qui au départ était une transaction serait devenu une étreinte amoureuse entre personnes consentantes. La magie des choses, rien de plus.

Je me suis recoiffé, j'ai allumé une clope pour souligner que je possédais tout de même un certain pouvoir d'achat et j'ai marché vers elle. Elle qui s'usait le périnée pour assouvir les pulsions des hommes qui ne méritaient pas qu'on les qualifie ainsi. Elle qui tournoyait, indécise, à la recherche du sou, le con meurtri par l'injustice du destin.

À en juger par son attitude, le client devait se faire rare ce soir-là. Ses hauts talons et son petit sac à main ne laissaient pourtant que peu de place au doute quant à la raison de sa présence sur le bitume. Je me suis rapproché et là, alors que j'essayais d'avoir l'air séduisant et qu'en conséquence, je plissais les yeux pour me donner l'air mystérieux, je l'ai reconnue.

— Marlène ?

Mince alors. Jamais, je n'aurais pu imaginer cela, surtout venant d'une femme qui montrait tant de pudeur quand il s'agissait de dévoiler sa poitrine à un ami. Je n'en croyais pas mes yeux. Revancharde face à mon indifférence, la vie s'était mise en tête de me surprendre, de bafouer les principes dogmatiques qui siégeaient au plus profond de mon âme pour me faire comprendre que c'était elle qui distribuait les cartes et qu'aussi éclairé qu'il l'était, Fred ne pouvait l'ignorer. Je me suis avoué vaincu. Marlène était une pute et j'avais chié dans mon évier. Voilà la vérité.

— Monsieur Fred, ne me jugez pas, je vous en prie.
— Je ne suis pas un homme de jugement, Marlène. Je suis un avocat de la défense. Un Robin des Bois. Je ne provoque pas les larmes, je les essuie.
— Monsieur Fred, partez, s'il vous plaît.

J'ai évidemment refusé. S'il y avait une guerre des bons sentiments, que l'armée de la justice se rassure, je ne ferais pas partie des déserteurs. Sans que ce soit chose aisée, j'étais parvenu à convaincre Marlène de venir chez moi me raconter ce qui l'avait amenée à se prostituer. Le mensonge ne faisant pas partie de mon vocabulaire, j'espérais également revoir ses seins, une fois les choses arrangées, mais il ne s'agissait pas là de ma volonté première, je pourrais le jurer.

Une fois chez moi, on a parlé jusqu'à quatre heures du matin. Elle ne pouvait plus joindre les deux bouts. Dans la dèche totale, la Marlène. Quelques ménages, quelques dépannages chez des vieilles aux alentours, mais rien de suffisamment conséquent pour la faire vivre, elle et ses enfants. Alors, entre cinq et sept soirs par mois, elle faisait le trottoir dans les parages, entre Strasbourg-Saint-Denis et Château d'Eau.

Elle m'avait expliqué qu'elle travaillait seule, effectuant ses passes dans des cages d'escalier, derrière des abribus, dans des voitures, le tout sans aucune protection. Enfin, elle utilisait des préservatifs, mais aucun homme ne veillait sur elle, personne ne la défendait en cas de problème, elle était livrée à elle-même. Son récit me dévastait.

Après son départ, j'ai réfléchi pendant une paire d'heures à cette situation. Je n'avais pas eu l'occasion d'aider beaucoup de personnes dans ma vie, et s'il y en avait bien une qui méritait mon temps et ma sueur, c'était elle.

Ç'a fait tilt. Je n'avais pas le droit d'exploiter la misère, mais je pouvais rendre quelques services. Le jour suivant, j'ai appelé Marlène pour lui proposer de devenir son garde du corps. Les médisants me qualifieraient de maquereau, j'y étais préparé.

Je disposais d'une camionnette que je n'utilisais plus depuis de nombreuses années. À Paris, un véhicule ne sert pas franchement à un chômeur, je ne l'apprends qu'aux nantis. La bête prenait la poussière dans le garage de mon vieux, en banlieue. À l'époque, je l'utilisais pour partir en vacances. Je descendais jusqu'en Lozère chez un ami de longue date avec qui j'avais bossé à l'imprimerie. Puis j'ai arrêté d'y aller, quand le gars est mort, j'imagine.

L'arrière était assez spacieux, en tout cas on pouvait y mettre un matelas sans que cela pose le moindre problème. Ça me paraissait plus commode pour faire l'amour. Plus pro, aussi. Marlène a accepté tout de suite.

— Vous êtes un saint, monsieur Fred.

Elle ne m'apprenait rien, mais le sou me manquait et je ne pouvais pas me résoudre, à mon grand désarroi, à officier par simple générosité. On a tablé que désormais, 40 % de ses revenus me reviendraient. Quand on connaît la part que les mecs se mettent dans la poche dans ce milieu-là, c'était presque du bénévolat.

Marlène m'avait aussi parlé d'une autre nana. Une étudiante un peu camée, qui bossait seule elle aussi pour se payer son école de journalisme et son gramme de dope hebdomadaire. Elles étaient devenues intimes et collègues de trime. Quand elles bossaient le même soir, elles veillaient l'une sur l'autre. Selon Marlène, elle pouvait être intéressée par notre projet. Je l'ai invitée à lui en toucher deux mots, elle connaissait mes tarifs, 40 %, ni plus ni moins.

Le surlendemain, Marlène et la nana en question, Cerise, sont venues chez moi pour parler business. Pour détendre l'ambiance, j'avais préparé un tipunch maison et un cake aux fruits. Il est de notoriété publique que les prostituées n'ont pas souvent l'occasion de goûter de manière aussi sympathique lors d'une signature de contrat. Je voulais donner un souffle nouveau à la profession. J'arrivais dans le milieu avec un enthousiasme remarquable.

Cerise était toute fraîche, petite, menue, avec des grands yeux verts et des seins en forme de poire. De jolies poires. Au premier abord, elle ne payait pas de mine mais arborait une sorte de candeur naturelle qui allait affoler les compteurs. J'en étais convaincu.

Je lui ai un peu parlé de moi, de ma relation avec Marlène, de mes valeurs, de l'importance que j'accordais au respect, à l'éthique. De la beauté des paysages de la Lozère, du boulot de plongeur. Du fait que ma camionnette et ma présence allaient leur offrir une sécurité vitale. Elle m'écoutait religieusement, en fumant une cigarette.

— C'est bon pour moi.
— Pour moi aussi.

Mes employées débordaient de bonne volonté. Je leur ai expliqué que le samedi matin, je devais bosser chez Omar et que je voulais faire l'impasse sur la soirée du vendredi. Cela convenait parfaitement à Cerise. Quant à Marlène, elle était toujours positive et accommodante, mes réformes ne lui posaient aucun problème.

Un élément indispensable dans une entreprise comme la mienne.

Comme les préservatifs représentaient un budget considérable, j'avais trouvé une combine pour en choper gratuitement. Je faisais toutes les PMI et les centres de dépistage aux alentours en me faisant passer pour un directeur de centre d'ados. Ensuite, mon jeu d'acteur s'occupait du reste.

— Nous allons tout faire pour éviter les rapprochements entre les filles et les garçons, mais à cet âge, vous le savez mieux que moi, quand ils ont quelque chose en tête, il est difficile de le leur enlever. Et je ne vous cache pas que nous préférons prévenir que guérir. Nous mettons l'accent sur la sensibilisation de nos gamins, l'importance de se protéger, mais nous sommes une petite structure, et il est vrai qu'un geste de solidarité nous évitant de nouvelles dépenses ne serait pas négligeable.

Mon discours était rodé, huilé. Je n'ai pas essuyé le moindre refus et certains établissements m'ont filé jusqu'à cent capotes. À cinquante euros la passe, ça représentait cinq mille euros. Moins 60 %, il me restait deux mille. Je sentais l'odeur de l'oseille, et je ne parle pas de potage.

Au début, on bossait entre deux et trois soirs par semaine. Le samedi, forcément, et le jeudi. Parfois le mardi. Les filles tapinaient à partir de minuit, jusqu'à quatre, cinq heures du matin, toujours le long du boulevard de Strasbourg. Pendant ce temps-là, je faisais des rondes à pied et je buvais quelques canettes. Quand je trouvais une place, je garais la camionnette rue Blondel, une petite rue discrète avec peu de passage. Les choses étaient soigneusement établies, un peu comme le riz avec les poissons panés. Les filles racolaient les clients et quand ces derniers se montraient intéressés, la transaction devait se faire rapidement pour ne pas trop attirer l'attention de la volaille. Le mec demandait le prix, précisait ce dont il avait besoin, et si cela convenait aux deux parties, l'opération se déroulait toujours de la même manière. Le gars devait suivre Marlène ou Cerise en observant une certaine distance. Arrivés devant la camionnette, deux possibilités. Si un petit ruban était ficelé sur le rétroviseur, cela indiquait que la place était prise et qu'il fallait attendre un peu plus loin. Sinon, le champ était libre et l'échange de bons procédés pouvait avoir lieu.

Quand je savais que l'une de mes filles se trouvait avec un client, je restais à proximité, au cas où les choses tourneraient mal, que le mec se montre violent ou refuse de payer le prix demandé. Ça me procurait une certaine montée d'adrénaline. Pour l'occasion, j'avais acheté une bombe lacrymogène. Au début, je n'ai pas eu à m'en servir.

Une fois la soirée terminée, je prenais le volant et les raccompagnais chez elles.

On faisait nos comptes tous les jours, ce qui peut être vu comme une preuve d'amateurisme, mais cela rassurait les filles et je les comprenais, car je n'aurais pas aimé confier le butin de ma semaine ou de mon mois à quelqu'un. J'aurais eu peur qu'il m'en pique une partie, et puis j'étais assez content de me débarrasser d'une telle responsabilité. Dès qu'un client partait, pour ne pas se balader avec des liasses de billets, chacune déposait son argent dans sa boîte, qui se trouvait planquée sous un des deux sièges avant. Le soir, avant de les déposer à leur domicile, je prélevais 40 % de chacune des boîtes et leur donnais le reste dans une enveloppe. Il s'agissait là d'une coquetterie un peu inutile mais qui me tenait à cœur. À titre personnel, j'avais toujours reçu mes fiches de paie dans des enveloppes, je tenais à faire perdurer cette tradition.

En moyenne, les filles faisaient deux mille euros par semaine, ce qui me rapportait un peu plus de trois mille par mois. Je n'avais jamais été aussi riche de toute ma vie. Les deux cents et quelques euros que je gagnais chez Omar me servaient à payer l'essence et les amendes de stationnement. Cela me permettait aussi de garder les pieds sur terre, de ne pas oublier la valeur de l'argent. Même si je palpais sévère, je restais avant tout un gars du peuple. Je la jouais sobre.

7

Dans ma volonté de simplifier les choses du quotidien (en plus d'avoir déposé une demi-douzaine de rouleaux de papier essuie-tout à proximité de mon lit), j'avais décidé qu'il existait deux catégories d'êtres humains : les bons gars, et les autres.

M. Zyed faisait partie des autres. C'était un homme d'un certain âge, dans les soixante-dix ans. Accoudé au comptoir, il râlait tout le temps, la mine déconfite. Sans même les regarder, il saluait les gens qui entraient et sortaient du bar. Il ne parlait qu'à Omar, ou presque, et presque exclusivement en arabe.

Jean-Luc, un habitué et résident du quartier depuis trente ans, m'avait dit de m'en méfier. Il m'avait confié à demi-mot que M. Zyed faisait partie du milieu. De quel milieu, je n'en savais rien. Je n'avais pas osé poser la question, de peur d'avoir l'air d'un mec qui n'était pas au fait. Très éloigné du milieu.

En tout cas, M. Zyed traînait dans les magouilles, ça ne faisait aucun doute.

De temps en temps, je le voyais discuter avec des petits jeunes et alors, il quittait le comptoir pour la table du fond. Celle dans l'angle, près de la cuisine. Il recevait des enveloppes, passait des coups de fil, sortait du bar puis rentrait à nouveau. Parfois, il tapait sur la table en grommelant. On lui avait probablement annoncé une mauvaise nouvelle, mais je ne peux jurer de rien. J'ai connu par le passé un prestidigitateur de renom que les bonnes nouvelles rendaient nerveux. Cela se traduisait parfois par de grands coups frappés dans les murs. L'espèce humaine n'est pas aussi simple que certains veulent bien le penser, et la magie n'y change rien.

Au fil des jours, j'avais bien remarqué que M. Zyed me regardait d'un autre œil. Il me tournait autour. Je l'intriguais et me doutais qu'il s'était mis à m'épier, mais j'en ignorais la raison. Un soir où j'étais passé au bar pour écluser une ou deux blondes, ça n'a pas manqué : il est venu me trouver. Ma petite entreprise fêtait ses trois mois et je commençais à flamber un peu dans le quartier. J'en avais peut-être trop fait. Ou trop dit, car les canons me font causer. D'un geste bref, il m'a invité à le suivre. La table du fond, dans l'angle, près de la cuisine. On s'est assis et il a commandé deux whiskys.

— Non, un whisky et un demi.

D'emblée, je rectifiais le tir. Le coup du whisky pour parler entre hommes, ça faisait trop cliché à mon goût. Et puis je n'étais pas une poule, je choisissais mes boissons. Les gens l'avaient compris, le Fred, il savait ce qu'il voulait. Ce n'était pas un mauvais bougre, mais il savait ce qu'il voulait.

— Comment vont les affaires, Fred ?

Ça y est, on y était. Il n'avait pas attendu d'être servi pour aller droit au but. M. Zyed connaissait mes activités. Et il n'en saisissait probablement pas la dimension humanitaire. Il n'y voyait que profit et liasses de billets, mais ignorait que les choses étaient plus subtiles, plus compliquées. Que je m'étais sacrifié pour sortir Marlène de la merde, quitte à m'en foutre plein les mains.
Il suintait, je le voyais bien, il était intéressé. Soit j'étais un concurrent, soit un potentiel associé. Mais en tout cas, il savait dans quoi je trempais et voulait quelques précisions.

— J'me plains pas, Omar est un patron comme on n'en fait plus.

On pouvait me reprocher beaucoup de choses, mais j'étais malin comme un singe. Le Zyed, je le trimballais. Un coup à gauche, un coup à droite. Hop, tu l'attends ici, je te la mets par là. Il commençait à se lasser, mon imperméabilité avait de quoi désarçonner le meilleur des cavaliers.

— Je t'observe. Tu viens picoler ici depuis des années, t'as jamais eu un rond, tu alignes les ardoises, tu mendies pour un demi et là, depuis quelques semaines, tu rinces tout le bar et t'agites des billets comme un prince saoudien.

83

— Les affaires, ça va ça vient, monsieur Zyed.

Je ne me dégonflais pas et continuais à lui tenir tête. Je m'étonnais moi-même. Pourtant, ses menaces ne me laissaient pas de marbre et je sentais la peur monter en moi. Je craignais M. Zyed et ses sbires, mais je ne pouvais pas flancher. Je tenais bon pour les filles et rien que pour elles. Question de mental.

— C'est dommage. Tu sais, ici, on ne fait pas ce qu'on veut. Dans ce milieu, c'est moi qui tiens les rênes. Je suis le seul à organiser les événements, tu pourras pas me doubler.

J'avais les foies comme jamais et je ne comprenais pas où il voulait en venir, ce qui me le rendait encore plus énigmatique. Même si on n'était pas à Naples, je savais bien qu'ici, on ne faisait pas ce qu'on voulait. Jean-Luc m'avait mis au parfum.

Peu après, M. Zyed s'est éclipsé et a repris sa place au comptoir. Mal à l'aise, j'ai décidé d'aller boire ailleurs pour fuir son regard. J'avais besoin de prendre l'air, de marcher. À titre informatif, j'ai toujours aimé marcher. Alors je suis passé chez un épicier acheter un flash de rhum brun à siroter pendant ma promenade.

8

Reflexions negative de la vie à toute peine. Pas le avenir, Sartre, Being+ Nothing vos

Depuis quelques semaines, l'automne avait pointé le bout de son nez à Paris. Ailleurs aussi, sans doute.

J'éprouve une tendresse infinie pour l'automne, novembre siégeant à la première place de mes mois préférés. À cette période, le soleil ne fait sa loi que neuf heures par jour et, le reste du temps, il fait noir et il fait froid. Il pleut aussi. Toutes proportions gardées, je ne suis jamais aussi intelligent qu'au mois de novembre. A contrario, je me trouve bête et naïf dès que les beaux jours arrivent. Mais c'est pour tout le monde pareil, la réflexion n'existe que grâce à la bonne volonté du mauvais temps. Je suis de ceux qui pensent que les bonnes décisions ne se prennent jamais au soleil, il cherche à nous abrutir pour nous garder sous contrôle. Le soleil est un ennemi dangereusement mal intentionné, un charmeur, un bavard prolixe, un charlatan qui n'a de cesse de nous faire croire qu'il embellit nos vies, nos femmes et nos villes. Il dénude les esprits, remplit nos squares, saoule les lycéennes le long du canal. Dictateur endurci, cet enculé de première crache sur le moindre bout de cumulus, comme

85

si le ciel lui appartenait. Beau parleur, roi de la persuasion, il s'est déjà mis dans la poche les gérants de restaurants de bord de mer, les présentateurs météo, les vacanciers, les exhibitionnistes, les personnes âgées, ceux qui font de l'eczéma et les ouvriers du BTP – un peu moins, mais ça ne saurait tarder si on ne se reprend pas. Moi, en tout cas, il ne m'aura pas. Il faut être lucide, je vois bien ce qui se passe quand le thermomètre s'autorise à dépasser les vingt degrés. Je regarde Roland-Garros ou le Tour de France, programmes dénués d'intérêt s'il en est. J'erre comme une âme en peine le long des rayons surgelés du Monoprix. Entre la chaleur et les moustiques, la nuit est un calvaire. J'ai les couilles qui collent. Je suis déçu par la qualité des cerises. Les touristes allemands me dégoûtent, les femmes me provoquent en se baladant à poil, ou presque. Quand il fait chaud, on sue et on ne réfléchit pas.

En automne, le froid revigore, la pluie attriste, la nuit envoûte. Les lampadaires remplissent leur devoir avec une remarquable humilité mais trop peu remarquée. L'odeur des feuilles est particulière, les touristes allemands restent chez eux, dans leurs grands appartements bien rangés. Le vin rouge offre des perspectives impossibles à imaginer en été. Tout est propice à faire fonctionner ses méninges. Cette saison engendre parfois des pensées noires, une certaine nostalgie aussi, je le reconnais bien volontiers, mais tout ça fait partie du jeu. Et puis, l'être humain aime assez se sentir triste. La tristesse rend légitimes un tas de trucs. La violence, l'autodestruction, la grossièreté, la mesquinerie. Un enfoiré bien dans sa peau, c'est un fils de pute. Un enfoiré triste, c'est un type aigri. Voire un pauvre bougre.

Quand sur la pointe des pieds tu me parles d'avenir,
Je m'autorise la liberté de ne plus jamais songer,
Qu'après l'automne, désemparé, je vais mourir,
De cette soif de toi, que je ne pourrai éponger.

Je me laissais parfois aller à l'exercice poétique quand je décidais de laisser ma bite un peu peinarde. Par moments, je caressais l'espoir d'écrire un recueil, que mes poèmes soient reconnus, appréciés. J'aurais aimé en vivre.

C'est ça, la vie, quelques espoirs en pagaille çà et là, des plaisirs simples, une grasse matinée, un éternuement libérateur. Un boulot pour payer le loyer, quelques convictions, une étreinte amoureuse de temps en temps, un pavé de saumon à l'estragon avec du riz bien cuit. Tout le reste n'est qu'un long chemin de croix, ponctué par des déchirures, des doutes et des chiasses verdâtres. On passe le plus clair de notre temps à ne pas comprendre nos pairs, à ne rien comprendre tout court, en fait. On divague sans trop se poser de questions, on accepte notre sort, on cotise. On fredonne des chansons, on descend les poubelles. Certains pratiquent le tri sélectif.

La seule chose qui nous maintient en vie, c'est l'amour intrinsèque qu'on porte à cette dernière, indépendamment du fait qu'elle nous en fait baver. Parce que le reste n'en vaut pas la peine. Le reste, c'est les factures d'électricité, les infanticides au journal télévisé, la guerre au Moyen-Orient, la soupe à peine tiède ou trop chaude, la rencontre entre nos petits orteils et

87

les coins des commodes et autres armoires. Les gens qui puent dans le bus, ceux qui doublent à la CAF et touchent trop les avocats chez le primeur. Le reste, c'est une femme qui prend possession de votre âme avant de se tirer, c'est une somme négative ou presque sur le compte à la fin du mois. Le reste, c'est un tombeau et de la terre. De la poussière et des larmes. De la gerbe et des cendres.

9

Quelques semaines après m'être entretenu avec M. Zyed, j'ai retrouvé mon camion calciné. J'ai toujours cru en la présomption d'innocence, cette notion ne sonnait pas creux dans ma tête, mais j'avais malgré tout du mal à ne pas y voir un lien de cause à effet. Le plus chiant dans l'histoire, c'est que mon camion n'était pas assuré. Mon vieux ne voyait pas l'utilité de payer pour un véhicule qui ne servait pas, raisonnement tangible s'il en est, et moi j'avais tout bonnement oublié. Il m'arrivait d'avoir quelques absences, je le concède bien volontiers, mais un chef d'entreprise reste avant tout un homme et les hommes ont des failles, je ne l'apprends pas à mes lectrices.

Histoire de ne pas me retrouver marron, j'ai bien essayé d'en toucher deux mots à la commission des victimes d'infractions, mais ils n'ont rien voulu savoir. Je n'ai pas récupéré un centime dans l'affaire. Certains mecs au bar n'hésitaient pas à dire que je m'étais fait baiser en règle. On ne peut pas grand-chose contre la conviction profonde d'un homme de bar, alors je n'ai pas cherché à leur donner tort.

— T'inquiète pas, Fred, ils ont pas brûlé les lignes de métro, tu pourras toujours t'déplacer jusqu'à Pôle Emploi.

— Enfin, si y s'trouve pas un bar sur l'chemin, parce que dans c'cas, elle pourra toujours l'attendre, sa conseillère !

Les gars prenaient ça à la rigolade, ils ignoraient tout de l'homme que j'étais, de l'argent que générait mon camtar. Des retombées colossales provoquées par cet acte de barbarie pure, de cet aveu de lâcheté. De cette déclaration de guerre, n'ayons pas peur des mots. Je venais de subir mon premier règlement de comptes en tant que figure du grand banditisme. J'étais l'étoile montante du proxénétisme parisien et ça ne plaisait pas à tout le monde. On me le faisait comprendre, mais je ne comptais pas reculer pour autant.

Une certaine placidité m'empêchait parfois d'agir dans l'urgence, de peur de confondre vitesse et précipitation, mais quand la situation l'exigeait, je savais changer de peau et me montrer efficace, précis. Implacable et surtout rapide. La camionnette réfrigérée qu'utilisait Omar pour faire le marché m'est tout de suite apparue comme la solution adéquate. J'ai d'abord pensé à lui cacher les choses, trouver une excuse pour lui emprunter deux à trois fois par semaine, mais l'idée même de tromper la confiance d'un ami m'écœurait. J'ai donc décidé de mettre Omar dans la confidence, de tout lui raconter.

— Je te la rapporte le dimanche matin, le plein sera
fait.

— Je veux 10 %.

— 10 %, c'est presque ce que tu me donnes à la fin
du mois en guise de paye.

— Alors, à partir de maintenant, tu travailleras gratuitement le samedi et tu feras le plein chaque semaine.

L'idée que je me faisais de l'amitié n'était pas
conforme à ce qui se passait dans les faits. La réalité
des choses me frappait chaque jour un peu plus brutalement. Il fallait se rendre à l'évidence, Bonté et
Naïveté dansaient ensemble au bal.

— Et je veux des avantages en nature. Une pipe de
temps en temps.

— C'est entendu.

Ce chibani de merde ne manquait pas d'air, mais
le troc faisait partie de la tradition maghrébine et en
anthropologue averti, je comprenais cela. Finalement,
je ne m'en sortais pas trop mal, je perdais un peu d'argent dans l'histoire, mais je pouvais continuer à
travailler puisque j'avais récupéré un véhicule.

Le principal inconvénient avec les camionnettes
réfrigérées, surtout quand on les utilise pour satisfaire
les plaisirs de la chair, c'est justement ce problème de
réfrigération. Bien que vigoureuses et en bonne santé,
mes femmes – surtout Marlène – étaient parfois sujettes
aux coups de froid, aux virus saisonniers. Une grippe,
un rhume, des petits bobos sans gravité mais qui
gâchent la vie des travailleuses de nuit. Une prostituée

qui renifle, qui se mouche, ça ne fait pas envie. Quelques rares fétichistes, des initiés aux mœurs particulières, peuvent y êtres sensibles, mais dans la majorité des cas, ça ne fait pas vendre.

C'est face à ce lourd questionnement que m'est venue l'envie de me lancer dans ce que j'ai modestement baptisé « le tapin chic ». En somme, de la passe en col roulé, des gagneuses habillées en laine d'hiver, des putes en alpaga, des déesses qui composaient avec l'intransigeance d'un camion frigorifique pour se rendre désirables et satisfaire les besoins de la clientèle. Le médecin et l'homme d'affaires venaient de se marier, j'avais combattu les microbes et trouvé notre image de marque. Du clinquant pour toutes les bourses, du haut de gamme pour les ouvriers, les chômeurs, les gens du tertiaire. Je rendais la pute de luxe accessible à tous. Seuls mes revenus parvenaient à me convaincre que je n'avais pas basculé dans l'humanitaire.

Une semaine après la découverte de mon camion épave, j'ai réuni les filles pour un bilan, savoir où elles en étaient. Leur parler de mon idée géniale au sujet des pulls, les rassurer, leur jurer qu'elles étaient sous ma protection et que par conséquent, elles ne risquaient rien. Que je n'avais pas peur de Zyed (c'était faux) et que j'avais un plan (c'était vrai).

Sur la table de ma cuisine, les attendaient des gaufrettes à la framboise et du jus de raisin blanc.

Cerise avait encore besoin d'argent, mais ne savait pas précisément de combien, Marlène aussi, mais les choses étaient plus claires dans sa tête. Elle devait continuer encore trois mois, peut-être quatre, et ensuite, elle pourrait tourner la page pour de bon, elle aurait mis assez d'argent de côté pour régler ses dettes, habiller ses gosses et se satisfaire de son maigre salaire d'aide à domicile pour remplir le frigidaire. La discussion n'a pas duré bien longtemps, les trois parties désiraient poursuivre l'aventure, j'en étais ravi, ce métier me procurait une certaine adrénaline et j'y prenais goût. Pour la première fois depuis vingt ans et la fin de ma brillante carrière de plongeur, j'aimais mon boulot. En revanche, nonobstant un attachement certain au quartier, il me paraissait vital de délaisser le boulevard de Strasbourg et ses alentours. Il fallait partir, hisser les voiles vers ailleurs, voir si les poils pubiens y étaient plus verts. M. Zyed et ses hommes devaient nous avoir à l'œil, on ne voulait pas prendre de risques inutiles et je craignais pour notre sécurité. Le changement de lieu, c'était la première partie de mon plan. Au sujet des cols roulés, les filles s'étaient contentées d'acquiescer en hochant la tête, plutôt dubitatives. De toute manière, avec l'arrivée des beaux jours, cette histoire de réfrigération cesserait d'être un problème pour devenir une solution et les pulls retourneraient dans les placards ou les penderies, selon le mobilier de chacune. C'était une réforme temporaire, moins liée à mes désirs qu'aux cycles météorologiques.

Pour cibler notre lieu de migration, j'ai d'abord procédé par élimination, des coins avec un potentiel intéressant pour une activité comme la nôtre.

Pigalle, impossible. Trop institutionnel, trop surveillé, des poulets partout, une concurrence acharnée, des dizaines de clubs, de bordels plus ou moins officiels, des filles sur le trottoir, d'autres dans les camionnettes, rue Houdon. À la tête de tout ça, des réseaux organisés, de Montmartre jusqu'à La Fourche. Des mecs en place depuis des lustres, des héritages familiaux. Des Croates, des Maghrébins, des Corses. On m'avait même parlé d'une mafia auvergnate.

— Tu t'rends pas compte, Fred, les Auvergnats à Paris, y contrôlent tout. Les restaus traditionnels, les brasseries, c'est à eux. Ils s'en servent pour blanchir l'argent d'la prostitution. Paraît même qu'y trempent dans le trafic d'organes.

— Je pensais qu'ils trempaient juste dans les tripoux, moi.

Belleville, à peine mieux. Là-bas, le pouvoir appartient aux Chinois.

Je grossis un peu le trait, mais pour faire simple, il y a deux types de Chinois. Le Chinois qui tient un bar-tabac, une blanchisserie, celui qui bosse, est intégré, jouit de solides notions en informatique, ne veut pas d'emmerdes et sourit quand il ne comprend pas. Et puis y a le Chinois des triades de Belleville et celui-là, en règle générale, il ne perd pas trop de temps avec les sourires et la compréhension.

Se frotter à ces mecs-là relève du suicide, je n'avais peut-être pas l'air d'un concurrent sérieux, mais j'aspirais à le devenir et si je faisais de l'ombre à M. Zyed, il n'y avait pas de raison pour que je n'en fasse pas aux Chinagos. Du moins, c'est comme ça que je voyais les choses. Pour la première fois de ma vie, l'ambition se réveillait le matin à mes côtés.

Au bois de Boulogne, trop compliqué. Le Disney-land des roustons, même pas la peine d'y songer, tout est réglé comme une bogue helvète. Albanais, Bulgares, Roumains, du monde venu de toute l'Amérique latine, une grande flopée de travelos plus ou moins dégueulasses, mais rarement à leur compte. Dans tous les cas, peu d'interlocuteurs conciliants prêts à nous laisser un morceau d'asphalte à arpenter avec notre camionnette réfrigérée et nos filles en col roulé. À la rigueur, dans les rues peu passantes, dans une des artères délaissées du bois, loin de l'agitation, des curieux et des habitués, des voyeurs et des hommes mariés.

Ça ne valait pas le coup. De toute façon, je ne voulais pas mettre les filles là-bas, je trouvais ça trop risqué. Et puis, sans condescendance aucune, il me semblait qu'elles méritaient mieux qu'un turbin industriel où des vieux enculés et des jeunes banlieusards frustrés se relaient presque machinalement, à la chaîne. À mes yeux, il fallait que notre entreprise ressemble plus à un commerce de proximité, un truc sympa avec une vie de quartier. J'idéalisais un peu, mais je voulais le rôle de l'instituteur du village, devenir un visage familier, apprécié.

J'avais aussi estimé qu'il n'était pas hyper-judicieux de cibler les quartiers trop réputés. Malgré l'indéniable classe de mes filles et leurs charmes à toute épreuve, je ne les imaginais pas bosser dans le XVe ou le XVIe arrondissement, au milieu des Ukrainiennes en fourrure et des accompagnatrices russes frôlant le double mètre. L'offre et la demande. D'autant qu'on n'y était pas à l'abri d'une dénonciation par des voisins zélés ou conservateurs, des vieilles bourgeoises réacs, flippées de voir leur impuissant de mari succomber aux charmes d'une belle Antillaise charnue.

Devant mon absence d'idées et ma relative lenteur pour trouver une solution, Cerise m'a proposé le XIᵉ arrondissement. Entre Voltaire, Charonne et le nord de la Bastille. Selon elle, le coin pouvait se révéler intéressant, les passants étaient nombreux et on pouvait ratisser les mecs qui sortaient des bars de la rue de Lappe. D'après elle, les débuts seraient difficiles, le temps de se construire une clientèle régulière, de trouver notre rythme, mais une fois lancée, notre affaire s'annonçait pérenne, elle en était convaincue. Un soir, je suis allé repérer les lieux, mais Cerise y avait déjà réfléchi. Le rond-point du boulevard Voltaire. Il donnait sur la rue de la Roquette, brassait beaucoup de monde et le coin regorgeait de petites rues annexes où garer la camionnette pour effectuer les passes en toute sérénité. Son plan était rodé, alors je lui ai fait confiance. J'ai accepté qu'on s'implante dans les parages sans trop persévérer dans mes recherches. En fait, j'étais bluffé par une telle prise d'initiative, un tel détachement. Je venais d'assister à une étude marketing détaillée. Cerise, qui jusqu'ici avait fait preuve d'une grande retenue concernant nos décisions, prenait les choses en main et le faisait plutôt bien. D'ici peu, elle me mettrait sur le trottoir avec un sac rempli de capotes.

Cette gamine était différente des femmes que j'avais rencontrées. Je suis même à peu près sûr qu'elle était différente de celles que je n'avais pas rencontrées. De nos jours, ce mot est galvaudé et il suffit de vivre en appartement avec cinq chats, de se laisser pousser la barbe ou de quitter son poste de conseiller financier pour aller élever du bétail dans le Larzac et ça y est, on est étiqueté « différent ». Cerise, elle, l'était vraiment. Elle faisait ce boulot pour financer ses études et se payer les drogues dans lesquelles elle aimait taper. De prime abord, ça paraissait un peu cliché et ça l'était sûrement, mais sa manière d'opérer, sa totale décontraction au sujet de ses activités de prostituée alors qu'elle avait à peine vingt ans me confortaient dans l'idée que cette nana avait un truc particulier.

Elle m'avait même confessé avoir pris son pied avec des clients, parfois.

— Je n'ai pas un gros appétit sexuel, je ressens assez peu de désir pour les hommes, mais quelquefois, dans les yeux de certains, pendant l'acte, je vois des choses qui me font venir.

— Venir, venir... jusqu'à l'orgasme ?

— Oui.

— Et tu vois quoi ?

— La culpabilité m'excite beaucoup, par exemple. Certains se sentent coupables vis-à-vis de leur femme. D'autres vis-à-vis de moi. Y en a qui pensent à leurs gosses.

— Et ça t'excite ?

— Énormément. Déjà parce que le sexe est différent avec un homme qui ne peut pas faire abstraction de sa situation familiale. Le rapport est plus vrai. On me baise sincèrement, sans artifice. Les mecs que je rencontre en soirée chez des amis ou dans des bars et qui me ramènent chez eux, ils trichent sur tout. Ils s'épilent le torse, me font boire pour que je sois docile, mettent de la musique, font semblant de m'écouter. Au préalable, ils ont parfumé leur édredon et ont acheté des plantes vertes ou des fruits exotiques pour avoir l'air cool. La séduction, ce n'est que de la triche. Une fois la chose passée, ils filent aux chiottes pour envoyer un message groupé à leurs potes. Leur dire que c'est bon, ils m'ont baisée. Ce qui me fait jouir, c'est la transparence, le côté humain de l'homme marié qui trompe sa femme avec une pute et qui s'en veut déjà en se déshabillant. C'est une minorité, mais j'y suis sensible. Les hommes ne comprennent pas que l'orgasme féminin puisse venir d'en haut, être commandé par la tête.

— C'est vrai que j'y connais pas grand-chose. Moi, je préfère jacter.

Contrairement à ce que pourrait penser le lecteur lambda, Cerise avait eu une enfance plutôt heureuse. Elle avait grandi dans l'Aveyron, élevée par des parents bohèmes et artistes. Sa mère travaillait dans le social et avait monté dans leur village différentes associations pour les jeunes et un club de théâtre. Le père était peintre et il exposait ses toiles dans la région. C'était essentiellement de l'abstrait, il affectionnait les saisons et particulièrement l'automne, les teintes orangées et les feuilles mortes. La décrépitude des arbres, les châtaignes. Il dessinait aussi tout ce qui touchait à l'univers de la ferme, les outils, les véhicules. Il peignait des herses rouillées, des brouettes remplies de foin, des jougs et autres faucilles. Des cochons, parfois.

Toute la petite famille vivait en harmonie dans une grande maison avec des volets bleus et des arbres fruitiers dans le jardin. Un gros chat se prélassait sur le carrelage de la cuisine pendant que la mère faisait des

98

confitures. Cela avait été une époque joyeuse, pleine de liberté, comme c'est souvent le cas à la campagne. Les parents recevaient beaucoup d'amis, des gens de divers horizons. Des types un peu paumés, l'élite intellectuelle de la province aveyronnaise, des musiciens, des agriculteurs. On buvait beaucoup, la plupart fumaient de l'herbe. En été, les barbecues s'éternisaient, le vin coulait à flots, les grattes sèches résonnaient jusqu'à l'aube. En hiver, ils organisaient des lectures, des ateliers d'initiation au dessin pour les gens du coin, de la poterie dans la grange. Ils avaient un côté bobo mais pas pédant. Des personnes simples qui croyaient sincèrement à ce qu'elles faisaient.

Après son baccalauréat, l'heure de l'émancipation avait sonné et Cerise a emménagé à Paris pour ses études. C'était la première fois qu'elle mettait les pieds dans la capitale, la première fois qu'elle quittait les siens. Elle logeait dans une chambre de bonne d'une petite dizaine de mètres carrés, non loin des Grands Boulevards. Ses vieux l'aidaient un peu sur le plan financier et la première année s'est plutôt bien passée. Son alimentation était assez sommaire et elle ne courait pas les boutiques, mais c'est souvent le lot des étudiants provinciaux n'ayant pas la chance de faire partie des nantis. Et puis un soir, lors d'une sortie avec des jeunes de son école, elle a rencontré un mec. Plutôt beau garçon d'après elle, éloquent, intelligent, mais assez sombre. Elle est sortie quelques mois avec lui. Ils passaient leur temps à flâner dans Paris, il lui a fait découvrir les passages secrets de Montmartre, les squares en fleurs, les bars miteux de Château d'Eau, les endroits branchés du VIIIe arrondissement, les boulangeries ouvertes 24 heures sur 24, les bus de nuit. Ils rentraient au petit matin, souvent chez lui, et continuaient la soirée à deux. C'est avec ce mec qu'elle a découvert la cocaïne, la kéta, les amphétamines, en particulier la crank. Avec lui, elle a repoussé ses limites, est devenue dépendante à toute cette merde.

Je pense que la défonce, c'est un gène qu'on a ou pas en soi. La dépendance est une réalité, certes, mais à mon avis, ceux qui tombent dedans ont le truc en eux dès le départ. C'est pareil pour le jeu, le sexe et l'alcool. Et ce n'est pas une question de faiblesse, c'est un choix que l'on fait. Je n'ai aucune pitié pour les poivrots et les camés, ils ont fait un choix, et pas le plus mauvais. Cerise avait elle aussi essayé, y avait pris goût et décidé de continuer une fois le mec barré avec une autre minette de son école.

Une chose en entraînant une autre, elle s'était retrouvée sur le trottoir, puis sur le même trottoir que Marlène, puis dans la camionnette réfrigérée d'Omar, né à Annaba, arrivé en France à vingt-quatre ans et propriétaire du Tahiti Bar, un troquet de quartier dont le couscous poulet était la grande fierté. Les trajectoires des gens ne sont pas toujours limpides.

Quelques semaines après nous être installés boulevard Voltaire, j'ai remarqué un étrange manège. Pour la troisième fois consécutive, le même mec était venu voir Cerise. Pour consommer, bien entendu, mais tout de même. J'avais l'impression qu'ils s'entendaient bien, que leur relation dépassait ce que l'on peut imaginer entre un client et une prostituée. Le gus en question, je ne le sentais pas du tout. J'ai passé ma vie accoudé aux comptoirs, à observer des mecs entrer et sortir. Un habitué de bar sait toujours qui va poser problème, c'est un métier. On apprend à les reconnaître, dans la démarche, le regard, l'attitude. On ne se trompe jamais. Les Américains, ils appellent ça le *feeling*. Moi, j'appelle ça la lucidité éthylique, la clairvoyance du Picon-bière.

Le soir, alors que je venais de déposer Marlène, je me suis lancé et j'ai demandé à Cerise s'il se passait quelque chose avec le gars. Le jeune Arabe, tout long. Celui qu'elle avait vu trois fois.

— Rien, il est gentil, c'est tout.

Gentil ou pas, je trouvais ça louche. Il pouvait s'agir d'un espion envoyé par M. Zyed, il fallait rester sur nos gardes, on n'était à l'abri de rien. J'ai prié Cerise de faire preuve d'un peu de vigilance, je l'ai déposée à son domicile et suis rentré chez moi.

Une fois dans ma chambre, ou tout du moins dans la pièce où j'avais installé le sommier et une table de nuit, j'ai sorti mon enveloppe marron, celle avec l'argent que j'avais mis de côté depuis mes débuts dans le milieu et que je planquais sous une latte de mon plancher. J'ai compté, j'en avais pour presque onze mille euros, plus deux bons milliers sur mon compte. À quatre euros et vingt centimes la bouteille de côtes-du-rhône, ça me faisait du pinard pour les cinq années à venir. J'en avais le tournis. J'ai essayé de réfléchir un moment sur ce que je pourrais faire de ce pognon mais je n'ai pas trouvé, du coup je me suis ouvert une bouteille, j'étais sur une piste.

Le lendemain, je ne travaillais pas, alors je suis allé au cinéma pour la première fois depuis quinze ans. Dans une petite salle de quartier qui diffusait un film intellectuel en anglais, mais avec des sous-titres en français. Le genre indépendant, un peu bobo, avec des spectateurs seuls et tristes à l'intérieur. Le nanar en question parlait d'amour entre une duchesse et un serviteur, un gars de la plèbe qui voulait s'envoyer sa patronne. En gros, une idylle interdite, la rencontre de deux milieux opposés, un hommage à la dualité des sentiments éprouvés par les bourgeoises désirant s'encanailler avec des pouilleux – bien membrés – qui sentent le foin. Une daube de compétition. Encore plus chiant que le film de vacances d'une famille calaisienne en camping tourné avec un Camescope 8 mm. Je me suis cassé au bout d'une heure. En sortant, le guichetier avait changé, il s'agissait dorénavant d'une guichetière. Ce n'était pas un canon, mais elle avait un truc. Des longs cils et un joli cou. Je lui ai demandé des informations sur les films à l'affiche, elle m'a répondu de manière approximative, elle ne travaillait là que depuis trois semaines. Au bout de quatre minutes, je ne savais plus quelles questions lui poser, alors je lui ai proposé d'aller boire un verre après son service. Elle a refusé sans se répandre en justifications. Je l'ai remerciée pour les renseignements et me suis tiré rejoindre Sophie Davant, histoire de me consoler. Depuis, je n'ai plus jamais remis les pieds dans un cinéma d'art et d'essai.

Le samedi suivant, ou peut-être celui d'après, j'ai bossé chez Omar le midi, je suis rentré faire une sieste, j'ai bu un calva et, sur les coups de minuit, je suis allé chercher les filles pour partir au charbon. À deux heures, alors que je buvais une pinte au Rey tout en surveillant mes nanas de manière rigoureuse, le jeune Arabe s'est pointé à nouveau. J'ai terminé mon godet cul sec et je me suis éloigné pour suivre leurs échanges. Cerise semblait agacée, mais je n'en percevais pas la raison, l'Arabe était plutôt calme. Après deux minutes passées à jacter, les deux ont marché en direction du camion, la situation paraissait apaisée, mais j'ai préféré garder un œil sur eux. Je les ai suivis. Arrivés dans la rue, il a agrippé Cerise par la taille et lui a dit un truc à l'oreille. Elle l'a vivement repoussé et a fait marche arrière pour rejoindre le boulevard. Le gars l'a rattrapée et l'a saisie avec violence. Je n'étais pas coutumier des interventions héroïques, j'étais même plutôt lâche dans la vie de tous les jours, mais je refusais qu'on esquisse le moindre geste de violence envers mes femmes, j'ai couru – peut-être trottiné –, je me suis jeté sur le mec, l'ai aspergé avec ma gazeuse et lui ai balancé mon meilleur coup de latte dans les couilles. Il est tombé. Je serais tenté de vous détailler la scène, mais j'ai le triomphe modeste. Ensuite, j'ai pris Cerise sous mon bras, je l'ai emmenée jusqu'à la camionnette et j'ai démarré en trombe pour récupérer Marlène rue Godefroy-Cavaignac, à deux pas du boulevard.

Comme la situation de crise l'exigeait, on s'est réfugiés chez moi pour se mettre à l'abri.

Pour calmer mes collègues, j'ai préparé un thé vert de grande qualité – du yu zhu – à peine oxydé lors de sa fabrication et directement envoyé de Chine. Puis on s'est mis à parler autour de la petite table qui occupait, en toute humilité, le centre de mon salon. L'heure était grave, les galères s'enchaînaient et une certaine fatigue nerveuse submergeait les troupes. D'abord les menaces de M. Zyed, ensuite le camion carbonisé, maintenant une agression – ça faisait beaucoup.

Cerise gardait le silence, les yeux fixés sur sa tasse de thé, le regard vide.

Assez vite, Marlène a pris la parole et nous a fait part de son intention d'arrêter. Les faits du soir n'y étaient pour rien, elle avait pris sa décision en début de semaine. Elle avait mis assez de côté pour voir venir et se consacrer à sa vie de mère au foyer. Une petite vieille l'avait contactée pour s'occuper d'elle entre trente et quarante heures par semaine. Ce job à plein temps plus ce qu'elle avait économisé lui permettaient d'envisager un avenir serein. Marlène nous racontait cela en s'excusant presque, émue et coupable, comme si elle nous lâchait. Je l'ai réconfortée, j'étais heureux pour elle.

— Et toi, Cerise ?

Depuis un an et demi qu'elle faisait ce métier, elle avait eu à gérer des situations délicates à plusieurs reprises, des malpropres, des mecs bourrés, parfois violents. Ce n'était pas la première fois qu'elle vivait un truc de la sorte, mais je voyais bien que cette fois, quelque chose de différent entrait en ligne de compte, et ce quelque chose m'échappait.

Sans la brusquer, je lui ai demandé ce que le mec lui avait dit. S'il l'avait menacée ou s'était présenté comme un homme de main de M. Zyed. J'avais l'intime conviction que cet enculé ne comptait pas me lâcher comme ça. Qu'il n'en avait pas fini avec moi et que son interrogatoire chez Omar, durant lequel je m'étais montré – il est vrai – quelque peu faraud, ne l'avait pas satisfait. Il voulait des réponses, des excuses, du pognon et peut-être certains de mes organes pour décorer sa cheminée. J'avais joué, je devais payer.

— Oui, voilà, il m'a menacée, m'a fait comprendre qu'on ne serait jamais en paix si on continuait à faire ce qu'on faisait. Il a dit qu'on lui devait de l'argent. J'ai peur, Fred.

Mes doutes prenaient corps, j'avais eu du flair. Les gars de sa trempe ne se contentaient pas de déloger la concurrence, ils l'écrasaient, la faisaient disparaître. J'avais quitté son secteur, mais ce n'était pas suffisant. J'avais des dettes.

— Il a ajouté qu'il savait où nous trouver.

J'ai sorti une bouteille de pif, la solution se trouvait peut-être à l'intérieur. Je me suis servi un grand verre, l'ai bu d'une seule traite, j'ai réitéré l'opération trois fois avant d'ouvrir une deuxième bouteille. Du côtes-du-rhône, pas mauvais.

Quand je bossais chez Omar, je ne croisais presque plus M. Zyed. En règle générale, il venait surtout le soir et comme je ne restais pas au bar après ma journée de travail, on ne se voyait plus, mais il pouvait m'y trouver quand bon lui semblait et il ne l'avait jamais fait. Je trouvais étrange qu'il sollicite un intermédiaire pour proférer ses menaces.

— Ce n'est pas après toi qu'ils en ont, Cerise. Arrête le trottoir, consacre-toi à tes études et dors l'esprit léger. Fais-moi confiance, s'il te plaît.

Ses yeux semblaient remplis de larmes. Je ne savais pas si c'était à cause de l'incroyable intensité émotionnelle de mes propos ou à cause de l'odeur particulièrement âcre qui se dégageait de mes aisselles. À ma décharge, la journée avait été très stressante. J'ai terminé la deuxième bouteille de pinard. Une de plus en moins.

— Mais toi, tu comptes faire quoi ?
— Partir. Partir, ma grande.

En fait, je n'y avais pas réfléchi, mais mon discours débordait trop d'assurance pour que je me contente de répondre que je n'en savais rien et que j'allais attendre de voir comment les choses évolueraient avant de prendre une décision.

— Mais où ?
— En Espagne, en Andalousie pour être précis.

Je n'avais jamais mis un pied là-bas, n'y avais aucune connaissance, mais la veille, j'étais tombé sur un reportage consacré à cette région (notamment aux méthodes de préparation du chorizo, avec une partie sur la manipulation des boyaux particulièrement détaillée) qui m'avait émerveillé.

— Alors, je viens avec toi.

Je n'étais pas préparé à une telle réponse. Je savais que Cerise m'appréciait et qu'elle avait confiance en moi. On échangeait sur des trucs de la vie, on se confiait l'un à l'autre. Je l'avais toujours traitée avec respect, m'étais montré attentionné et honnête et cette affection était mutuelle et basée sur des liens qui fatalement se révélaient assez forts, puisque je m'associais à elle pour vendre, ou plutôt louer, son vagin. De là à imaginer qu'elle était prête à tout quitter pour partir avec moi sur un coup de tête, il y avait un pas que je n'aurais pas osé franchir. Je me suis dit qu'elle devait être terrorisée ou perdue. Ou les deux.

Vu que je n'avais pas trouvé le temps de changer la pile, l'horloge de la cuisine indiquait midi depuis six mois. En réalité, il était presque quatre heures du matin. J'ai expliqué à Cerise qu'il était préférable de reporter cette discussion au lendemain. Je suis allé dans ma chambre, j'ai changé mes draps et je l'ai sommée de dormir à la maison. Elle m'a remercié pour tout ce que je faisais pour elle, ce qui, en y réfléchissant, m'a procuré un sentiment mitigé. J'ai pris mon traversin et je me suis couché dans le canapé, et c'est là que mon idée de départ a commencé à croître en moi de manière significative. J'étais cerné, recherché, traqué et, autant vous le dire, je ne comptais pas verser le moindre centime aux hommes de M. Zyed. Je n'avais pas tellement le choix. Je me suis relevé pour fumer une cigarette et j'en ai profité pour mettre un bout de gouda et du jambon de Parme entre deux tranches de pain de mie. Après ça, je me suis ouvert une bière et j'ai gambergé. Je n'avais pas la moindre attache à Paris et je ne voulais pas vivre dans la peur et risquer de développer une psychose paranoïaque, maladie abordée dans l'une des revues feuilletées quelques jours plus tôt dans la salle d'attente de mon généraliste (consulté pour aborder des soucis de selle, mais je préfère ne pas les exposer ici).

Je n'avais jamais voyagé hors de nos belles frontières, mis à part un bref aller-retour à Londres vingt ans auparavant avec d'autres jeunes de la fac et une semaine de vacances chez des cousins en Belgique, quand j'étais gamin. Et encore, leur maison se trouvait à Bailleul, dans le Nord (donc en France). Comme on allait souvent en Belgique pour faire des courses, acheter les clopes de ma tante, de façon presque légitime, je m'étais vanté à la rentrée suivante auprès des copains de mes vacances à l'étranger.

Je n'avais même jamais pris l'avion. Juste déposé un pote à Charles-de-Gaulle une fois, rien de plus. Le monde me paraissait bien mystérieux. Je n'ai trouvé le sommeil qu'une ou deux heures après m'être couché. Il faisait déjà jour à Paris, les piafs commençaient à emmerder le monde. Quand j'ai émergé, vers midi, j'ai entendu Cerise qui s'activait dans la cuisine.

— J'ai préparé un brunch.
— Un quoi ?

Elle avait dressé une jolie table, avec une salade de fruits, du pain frais, du fromage, des œufs brouillés et du café noir. C'était la première fois qu'une femme me faisait la grâce d'une telle attention.

Après avoir déjeuné, j'ai expliqué à Cerise que je comptais partir la semaine suivante. Mon loyer ne me coûtait rien, avec ce dont je disposais sur mon compte en banque, je pouvais effectuer des virements à mon oncle pour les six mois à venir. Je n'avais pas dans l'intention de partir pour de bon, je voulais juste me faire oublier un peu et voir du pays.

— Je pars avec toi.

Selon l'adage, la nuit est censée porter conseil, j'en ai déduit que Cerise n'avait pas beaucoup dormi. Elle me disait que son année d'études était terminée, qu'elle pouvait aisément trouver une copine pour lui sous-louer son appartement et surtout, elle s'engageait à ne partir qu'un mois ou deux, pas plus.

— J'en ai besoin, s'il te plaît, Fred.
— D'accord.

Je me suis servi une bière. C'était la première vraie décision de ma vie (pas la bière, mon départ), le seul véritable choix que j'avais eu à faire en quatre décennies sur terre. En début d'après-midi, Cerise est rentrée chez elle pour organiser son départ. J'ai allumé mon ordinateur et, après une brève hésitation, j'ai réservé deux billets d'avion. Une bonne heure de recherche plus tard, j'avais trouvé un petit hôtel pas cher, dans une ville andalouse répondant au nom exotique de Benalmadena, à vingt bornes de Malaga, là où était prévu notre atterrissage. Dans la description, on parlait d'une petite chambre proprette avec deux lits simples, dans une rue calme, pour une trentaine d'euros par nuit mais avec la douche commune et sans le petit déjeuner. Le dernier point mentionné n'étant à mes yeux pas un problème, puisque le matin, j'avais plutôt tendance à dormir qu'à manger. Concernant la douche commune, il me suffisait d'acheter une paire de sandales en plastique pour éviter de sympathiser avec une verrue plantaire et le tour était joué. Sur le site Internet, quelques photos venaient étayer le descriptif de la chambre. Des couleurs chaudes, des housses de couette ornées de motifs floraux, un bureau en chêne blond avec deux petits tiroirs, de grands rideaux jaune safran et une minuscule table de nuit sur laquelle reposait une lampe de chevet de style gustavien dont l'abat-jour en lin ancien laissait penser qu'il avait côtoyé des générations et des générations d'ampoules. À la fenêtre, des géraniums veillaient sur une rue peu passante, avec une épicerie comme seul et unique commerce. Du moins, si l'on se référait au commentaire aiguisé de Jacquesdu74, un Français ayant résidé à cette adresse quelques mois auparavant et qui avait trouvé bon de préciser, dans son évaluation de l'hôtel, la présence d'une épicerie à quelques mètres.

Un peu plus loin, une ligne de bus desservait la partie côtière avec les grands hôtels, les lieux de débauche, les discothèques, les restaurants, les bordels et tous les endroits réservés à ces connards d'Anglais. J'avais lu sur le Web que Benalmadena comptait trois parties, le port de plaisance et ses alentours, en d'autres termes le coin des touristes ; le centre-ville pittoresque appelé Arroyo de la Miel, également accessible avec le bus qui passait à côté de l'hôtel, et enfin Benalmadena Pueblo, le village historique situé en altitude, loin du tumulte de la vie nocturne, des immeubles récents et du style architectural moderne. Sur les forums, les gens disaient que c'était magnifique.

Mon efficacité et mon sens particulièrement développé de l'organisation me laissaient quelques regrets, car il me semblait que j'aurais excellé dans une carrière de réceptionniste de nuit ou de gestionnaire logistique. Mais les aléas du quotidien m'avaient poussé à devenir un fugitif, un insaisissable brigand, et je devais composer avec. J'ai appelé Cerise pour lui faire part de mes dernières avancées, elle était surprise par mon investissement. C'est ce qu'elle avait dit : qu'elle était surprise par mon investissement.

Le soir, je me suis fait livrer une pizza avec du jambon cru, des champignons et des artichauts. En règle générale, je prenais toujours la même, mais parfois, pour varier un peu, j'y ajoutais de la crème fraîche ou du parmesan, ma manière à moi de combattre la sournoise monotonie du quotidien. Mon repas terminé, je me suis installé dans mon fauteuil, j'ai allumé une cigarette et je n'ai pensé à rien jusqu'à ce qu'on vienne me déranger.

— Toc toc toc.

Je n'attendais personne, alors je me suis dit que le livreur avait dû oublier un truc, peut-être s'était-il trompé dans le rendu de la monnaie, ce n'était pas inhabituel. J'ai enfilé un pantalon et je me suis dirigé vers la porte pour ouvrir.

— Salut, Fred.

C'était Séverine. Ma Séverine ! La déesse du sexe que j'avais rencontrée dans un bar rue de Ménilmontant. Le dernier grand amour de ma vie qui s'était barré du jour au lendemain en me traitant d'abruti fini à la pisse froide. L'espace d'un instant, j'ai hésité à refermer la porte, m'ouvrir une bière, m'envoyer une branlette de taulard, me faire vingt pompes, ou plutôt dix, me nettoyer le visage avec de l'eau fraîche et mon savon au lait d'ânesse, reprendre une bière, fumer une clope, me dire que je venais de rêver, que l'Andalousie m'attendait et que je me fichais du reste, reste dont faisait partie cette grognasse de Séverine.

— Salut, j'ai dit.
— Je peux entrer ?

Je lui ai fait un signe de la tête en guise d'approbation. Je n'en revenais pas, Séverine était revenue, la vie sans moi était inenvisageable, elle s'était enfin rendue à l'évidence. Je lui ai proposé de s'installer dans le canapé et lui ai servi une bière. Elle n'avait pas beaucoup changé, peut-être un peu grossi, mais ce léger embonpoint lui offrait une poitrine généreuse et suggestive. Elle s'était maquillée vulgairement et portait des talons. J'avais un début de gaule.

Pendant un quart d'heure, elle a fait mine de s'intéresser à moi, m'a demandé ce que je faisais dans la vie, si j'avais eu des aventures. Si j'étais heureux. Je lui ai répondu que je bossais dans un bar, sans en dire davantage pour cultiver le mystère.

Pas un mot non plus sur mon départ pour l'Espagne. Je voulais d'abord l'entendre dire que je lui manquais, qu'elle m'aimait encore éperdument et avait compris que mon absence lui était insupportable. J'étais l'homme de sa vie, elle était revenue pour me présenter ses excuses. J'avais toujours su que Séverine était folle de moi. Elle avait parfois ressenti une gêne et quelques difficultés pour exprimer ses émotions, et le courage dont elle faisait preuve pour venir me voir ce soir-là était d'autant plus remarquable. La nature de ses sentiments ne laissait pas de place au doute. On parlait de l'amour d'une vie, ni plus ni moins.

— Bon, Fred, j'suis dans la merde, j'ai besoin que tu m'prêtes mille balles. J'ai des ardoises dans tous les bars du vingtième, j'ai pas payé ma taxe d'habitation, j'bouffe des pâtes au beurre depuis six mois. Mes cotons démaquillants me servent de serviettes hygiéniques. J'en peux plus, Fred.

Mon visage s'est figé. Je n'avais pas eu la moindre nouvelle de Séverine depuis le jour où elle s'était tirée, trois ans auparavant, et elle se pointait comme une fleur (une fleur sapée en pute), me faisait la conversation comme si rien ne s'était passé et m'annonçait, au bout de vingt minutes, qu'elle avait besoin que je lui file un SMIC pour payer ses dettes d'alcoolique. Des dettes contractées dans tous les rades de la rive droite avec des pochetrons édentés.

Cette femme était merveilleuse.

— Je peux pas te prêter mille euros. Cinq cents.
— Sept cents et j'te suce.

Elle savait me parler. Je lui ai demandé de m'attendre dans le salon, suis parti dans ma chambre et j'ai sorti sept cents euros de ma petite cachette, sous une latte cassée de mon parquet. Je lui ai filé le pactole, qu'elle a déposé dans une enveloppe marron déjà bien remplie. Je ne devais pas être son premier rendez-vous de la journée, mais je n'ai pas posé de questions. Je suis allé dans la cuisine me reprendre une bière et me suis assis dans mon fauteuil. Elle s'est avancée vers moi et a déboutonné mon falzar. Pour ce prix-là, j'aurais pu m'offrir pour toute la soirée une call-girl à peine majeure, originaire des pays de l'Est et pourvue de formes divines. Mais l'amour n'est pas rationnel et ne se résume pas à une histoire d'argent. En tout cas, pas pour les types de ma trempe. Séverine mettait tant de cœur à l'ouvrage que j'ai presque regretté de ne pas lui avoir passé les mille euros qu'elle me demandait. Mais comme je savais bien au fond de moi qu'elle ne me les rendrait jamais, cela a grandement tempéré mes élans charitables. Une fois l'opération terminée, elle m'a remercié, a pris ses affaires et elle est partie en me jurant qu'elle me rembourserait dans les six mois. Je ne l'ai pas crue une seconde, mais j'éprouvais bien trop de tendresse à son égard pour lui en tenir rigueur.

Après son départ, je suis allé me coucher et n'ai eu aucun mal à trouver le sommeil. Je venais de comprendre que Séverine ne m'aimait pas et que rien ne me retenait à Paris. J'étais donc libre de me barrer avec Cerise.

10

Le lendemain, je suis allé voir Omar pour lui expliquer que je partais. J'avais des emmerdes et il devait la boucler pour éviter de m'en apporter de nouvelles. Il a un peu gueulé, rapport au boulot, et je lui ai dit que je lui trouverais quelqu'un.

— L'avantage avec toi, c'est que je te payais pas. Ton quelqu'un, je vais devoir le payer.

Omar était un homme intelligent. Très porté sur l'argent et les capitaux, mais intelligent. Beau joueur, il m'a offert un jaune et m'a souhaité le meilleur pour la suite. Il a essayé de savoir ce qui m'arrivait, mais connaissant sa proximité avec M. Zyed, j'ai préféré garder le silence. Je comptais l'appeler une fois sur place, pour tâter le terrain et essayer de savoir si j'étais encore dans le viseur de l'autre enfoiré, mais pour le moment, c'était trop tôt. Je ne voulais pas jouer avec le feu. Quelques heures et quelques verres plus tard, j'ai récupéré mes affaires et j'ai salué Omar. Il était torché. Un habitué un peu moins beurré que lui assurait le service derrière le comptoir. J'étais jaloux, même en tant qu'employé, je n'avais pas eu ce privilège. Débordant d'une joie éthylique qu'il contrôlait tant bien que mal, il m'a pris dans ses bras et m'a balbutié un truc à peine audible au sujet de la guerre d'Algérie et de René Coty. J'ai quitté les lieux avec un brin de nostalgie, mais avec la certitude qu'à mon retour, rien n'aurait changé. La stabilité d'un bar de quartier n'est perturbée qu'en cas d'hospitalisation ou de décès. Le reste est comme figé dans le temps, les mêmes cacahuètes, les mêmes problématiques, les mêmes toux grasses, les mêmes yeux vides qui regardent passer les saisons par-dessus leur verre.

Sur le chemin du retour, j'ai donné un coup de fil à mon vieux. Je lui ai dit que j'étais désolé d'avoir voulu reprendre du vin le jour où Adrien était passé de l'autre côté. Il m'a répondu que je n'y étais pour rien, mais j'ai bien senti qu'il n'en pensait pas un traître mot. J'allais passer quelques semaines en Espagne chez des amis et à mon retour, je viendrais le voir.

— Ça me ferait plaisir, il a dit.

Le pauvre devait se faire chier comme un rat mort dans son pavillon de banlieue et je ne faisais rien pour changer ça. Je n'étais pas allé le voir depuis que j'avais récupéré mon camion pour le boulot. Plusieurs mois, aucune visite, quelques maigres appels pour me donner bonne conscience. Je donnais à mon père plus d'une raison de ne pas m'aimer. Je me suis juré d'aller le voir en rentrant.

Les jours suivants, en homme méticuleux et organisé, j'ai réglé les derniers détails avant le départ. J'ai commencé par faire un grand rangement dans mon appartement, j'ai payé deux loyers d'avance à mon oncle, puis j'ai terminé ma valoche. Je suis passé à la banque pour déposer un peu de liquide, histoire de ne pas me faire emmerder par la douane, et j'ai donné les coordonnées d'Omar à mon pote Habib pour travailler à ma place le samedi. Habib était un mec sérieux, un bosseur, un gars de la vieille école qui aurait excellé dans n'importe quel domaine s'il n'avait pas eu un bras en moins. Ce léger détail lui avait fermé bon nombre de portes et c'était bien dommage, car ce gars-là faisait plus de choses avec un bras qu'un tas de branques avec deux.

J'ai aussi passé une demi-douzaine de coups de fil pour résilier mon abonnement Internet et téléphone, ai tapé soixante fois sur la sacro-sainte « touche étoile », ai parlé à quatre conseillers pour expliquer quatre fois la raison qui m'amenait à les appeler. Grâce à une élocution claire et précise, j'ai pu me faire comprendre et régler cette affaire en à peine trois heures.

Le deuxième jour, je suis allé voir Marlène pour lui dire au revoir et lui passer mes clefs. Je l'avais chargée de relever le courrier et de s'assurer de temps à autre que tout était en ordre. C'était la première fois que je me rendais chez elle, au quatrième étage d'une HLM en plein cœur de la Goutte-d'Or, dans un F3 propre et bien rangé, où elle vivait avec ses quatre enfants. Son nouveau boulot chez une vieille bourge lui plaisait bien, elle avait tourné la page du trottoir avec beaucoup de courage et de facilité. On a bu un café et je suis parti, non sans un certain chagrin. Marlène était une femme divine.

Puis je suis passé voir Cerise qui se trouvait avec une copine dans un troquet à quelques rues de chez moi. Elle voulait me la présenter, elle avait dit que j'étais un ami. Un très bon ami. Cette invitation m'intimidait beaucoup et si elle n'avait pas eu lieu dans un bar, je ne me serais jamais pointé. En règle générale, les femmes se passaient de ma compagnie, elles ne me réclamaient pas. Et là, j'en avais deux qui voulaient me rencontrer, deux gamines, deux étudiantes. Tout ça pour Fred. Il fallait me voir, j'étais un peu intimidé.

En arrivant, Cerise m'a sauté dans les bras, elle était heureusement surprise que je sois venu. Quand je nous regardais, l'un à côté de l'autre, je trouvais que notre différence d'âge n'était plus si évidente que ça. Elle m'a attrapé par le bras et s'est empressée de me présenter à son amie, une blonde très fine, moyennement jolie, tout aussi énergique que Cerise, les pupilles dilatées comme le col utérin d'une vache au moment du vêlage et des premières contractions. Pas besoin d'être médecin pour comprendre qu'elles avaient passé leur après-midi à taper dans la farine sans en sortir par ailleurs la moindre crêpe. La copine de Cerise était au courant de notre départ pour l'Espagne mais elle n'en connaissait pas les raisons. Quand elle s'est éclipsée pour aller aux gogues, Cerise m'a briefé. Elle lui avait raconté que j'étais son ami, parfois son amant et qu'on allait passer quelques semaines en Espagne chez un de mes cousins. En réalité, mes cousins habitaient au Mans, dans la Sarthe, la terre promise des amateurs de rillettes.

118

— C'était plus simple comme ça, elle ne sait pas pour le trottoir. Étrangement, je ne m'en vante pas trop.

Parfois son amant, parfois son amant...
J'ai fait mine de ne pas relever, mais j'avais la tête qui tournait et le jean étroit. L'autre est revenue de son séjour aux commodités et s'est mise à me poser des questions. Elle reniflait toutes les quatre secondes et clignait tellement des yeux qu'elle devait passer la moitié du temps dans le noir. Je trouvais ça très énervant, mais comme j'avais les codes et qu'il fallait que je fasse bonne impression, rapport à Cerise, je ne lui ai pas fait remarquer et j'ai tâché de me montrer charmant.

— Et toi, sinon, Fred, tu t'intéresses à l'art ?

À dire vrai, autant qu'aux cultures néolithiques du nord-est de la Sibérie et un peu moins qu'à l'émission de radio de Brigitte Lahaie. Celle où elle explique à des femmes au foyer qu'elles ne doivent pas s'affoler quand leur mari ne les culbute plus depuis douze ans et qu'elles sont capables de faire renaître le désir avec des jeux de rôle et des déguisements, le cuir étant la matière la plus souvent préconisée.

— Oui, la peinture surtout.

Il fallait bien répondre quelque chose, je ne pouvais pas dire que je n'en avais rien à secouer et que j'étais un type moyennement intéressant. Ensuite, elle m'a demandé quel était mon peintre préféré. Si j'étais plutôt style rococo, postmodernisme, tachisme ou marouflage. J'ai senti que j'allais vite me retrouver dans la merde.

Il fallait tuer le débat dans l'œuf et commander une nouvelle tournée de pintes.

— Gustave Courbet et *L'Origine du monde*, parce que c'est grâce à lui que j'ai vu un con pour la dernière fois.

On a recommandé une tournée. Une heure plus tard, je me suis barré, presque à contrecœur. Notre vol était prévu pour le surlendemain et j'avais envie de passer un peu de temps chez moi, seul.

Cerise m'a remercié d'être venu. L'autre nana m'a serré dans ses bras en me souhaitant un bon séjour en Espagne. Il faisait beau à Paris, l'été approchait à grands pas. J'appréhendais déjà le soleil andalou, la chaleur, les jupes et la nonchalante mollesse de mes burnes.

En temps normal, j'aimais bien rentrer à pied quand j'étais bourré. Ces moments d'absolue liberté me plongeaient dans un état orgasmique, une sorte d'achèvement, un sentiment proche du nirvana qui offrait à mon être tout entier une autonomie souveraine. Durant ces instants, j'étais intouchable, je ne voyais les autres que si j'avais envie de les voir et j'observais la dynamique parfaitement huilée de la nuit parisienne parce que ça, ça m'intéressait. Mille fois plus que le postmodernisme ou le marouflage. Les bouches de métro dégurgitaient inlassablement des jeunes cadres, des étudiantes avec des crayons dans les cheveux et des travailleurs en tout genre. Les rancards en terrasse et les regards mielleux, les vieux qui promenaient leur chien en tirant sur un mégot, dernière activité bandante que leur bougresse de femme n'avait pu leur voler. Les taxis, les jeunes banlieusards refoulés de toutes les

120

discothèques qui ruminaient leur sentiment d'injustice en jurant que le procureur, les ministres, les riches, les videurs et les flics étaient des enculés. Les chats et les effluves de bouffe des restaurants chinois. Les clochards et leurs complaintes. Ce ronronnement permanent que j'aimais tant. La ville et son intimité.

Mais depuis l'embrouille avec M. Zyed, j'étais nerveux, sur mes gardes. Je me méfiais de tout le monde, de chaque bruit, je ne profitais plus de ces moments-là, je ne flânais plus, je surveillais mes arrières. Je ne voulais plus de ça, cette vigilance de chaque instant m'épuisait.

Arrivé en bas de chez moi, je me suis retourné une dernière fois pour voir si je n'avais pas été suivi. J'étais un homme pétri d'humour mais il est vrai que je ne plaisantais guère quand il s'agissait de ma survie. La veille, en rendant visite à Omar pour lui dire au revoir, j'avais appris que M. Zyed était parti quelques jours au bled. Cependant, je n'étais pas à l'abri de croiser un de ses hommes, un type venu de l'Est avec un contrat sur ma tête, par exemple. Cette situation me pesait. Je devais me barrer avant que ce malade ne décide de me tomber sur la tronche. Il ne l'avait pas fait plus tôt pour ne pas attirer d'ennuis à Omar, mais ce n'était plus qu'une question de jours, je le sentais. Je perdais en assurance et en légèreté, le grincement d'un placard me liquéfiait, je sortais les poubelles avec une poêle sous le tee-shirt en guise de gilet pare-balles. À vrai dire, je me faisais dessus et je commençais à réfléchir à la meilleure façon de procéder pour m'échapper d'un coffre de voiture en cas d'enlèvement.

Pour atténuer la peur, je me suis ouvert ma dernière bouteille de vin et j'ai fumé quelques clopes. L'horloge de la cuisine indiquait toujours midi, mais en réalité, il était deux heures du matin quand je me suis couché. Il s'agissait de mon avant-dernière nuit en France.

Le lendemain, veille du départ, je n'ai rien branlé. J'ai profité du fait que mon abonnement Internet se terminait à la fin du mois pour me renseigner en profondeur sur l'endroit où on allait atterrir. J'avais quelques notions d'anglais et je baragouinais un espagnol scolaire mais correct. Sur les forums, les Français se plaignaient que notre langue n'était parlée par personne là-bas, mais ça ne me faisait pas peur, j'étais débrouillard. Et puis, Cerise parlait à la perfection le jargon des Roast-beefs et plutôt bien le castillan. Avec l'accent et tout. Petites, elle et sa sœur avaient eu une nounou irlandaise durant plusieurs années. Ça aide. Moi, gamin, c'était une vieille pochetronne de l'immeuble qui me gardait. Une vieille tellement beurrée que je me réjouissais quand elle parvenait à sortir un truc à peu près français. Après tout, peut-être qu'elle était irlandaise, elle aussi.

En début de soirée, Cerise est venue chez moi avec ses bagages. Elle avait sous-loué sa chambre de bonne à une copine et réglé les derniers détails auprès de son école. Au sujet de sa réinscription, je crois. Ayant jugé qu'il était trop risqué de manger dehors – une mauvaise rencontre n'étant pas à exclure –, on s'est fait livrer des pizzas. J'en ai pris une avec du jambon cru, des artichauts et des champignons, et elle une quatre fromages. Avec une base sauce tomate et quatre fromages, donc.

— Tu penses quoi de tout ça, Fred ?
— La pâte manque un peu de sel.
— Je parle de notre départ.

Je lui ai répondu que je n'en pensais que du bien, que je ne voulais plus me lever le matin (le midi) avec un sentiment d'anxiété, que ma vie était ce qu'elle était mais que je l'avais toujours organisée dans le but de ne pas être emmerdé, et que si ce facteur-là était remis en question, ça ne me convenait plus. J'étais trop intelligent pour être courageux. Et en plus, c'était l'occasion de prendre l'avion pour la première fois. À part le fait de quitter Paris, à laquelle j'étais tant attaché, je n'y voyais que du positif.

— Mais après ?

Je n'en savais rien. J'avais longtemps vécu avec le RMI, puis le RSA, davantage encore avec les Assedic, ma vie n'était qu'un sigle. Après des falsifications de génie, j'avais même pu, une année, bénéficier du PCH, une aide financière pour les personnes handicapées ou ayant perdu leur autonomie pendant au moins douze mois. Les choses étaient ainsi, je n'avais pas choisi. Je préférais être pauvre que fatigué, je ne supportais pas le monde du travail, les machines à café et le reste. J'aimais mieux être entouré d'amis débiles que de collègues sympas, l'avenir ne m'angoissait pas, je disposais de quinze mille euros, m'apprêtais à découvrir un nouveau pays, j'avais de quoi voir venir.

123

— Et toi ?

— Moi, je m'en fous. Je ne suis jamais malheureuse, je prends chaque événement avec curiosité et philosophie. Et puis, je suis jeune. J'ai le temps.

— Le temps de quoi ?

Elle a sorti un cacheton, de l'ecstasy à première vue, et l'a avalé entre deux parts de pizza. Elle se droguait de plus en plus. Presque quotidiennement et de manière féroce.

Je n'ai pas eu de réponse à ma question, alors j'ai embrayé sur autre chose. Quand les gens n'ont pas envie de me raconter un truc, je n'insiste pas. Je ne refuse pas les confessions, mais je ne les extirpe pas non plus.

Notre avion décollait le lendemain, en milieu d'après-midi. Pour ne pas mettre le réveil, j'avais payé presque cent euros de plus pour chaque billet que le prix des vols du matin, mais pour moi, matin rimait avec chagrin, et chagrin rimait avec emmerdes. J'ai fait de la tisane, on a fumé un bout de joint qui lui restait, et on est allés se coucher, assez tôt.

— Dors avec moi si tu veux, Fred.

— C'est gentil, mais j'ai mes marques dans le canapé.

TROISIÈME PARTIE

11

J'ai émergé peu avant midi. J'ai coupé l'eau et le gaz et vérifié que je n'avais rien oublié. Cerise avait préparé deux casse-dalles, soigneusement enveloppés dans du papier alu. Au départ, on avait prévu d'aller à l'aéroport en transports en commun, mais la lourdeur de ma valise m'a vite refroidi. Alors j'ai appelé un tacos. Événement aussi rare qu'une éclipse totale du soleil, ce dernier s'est avéré aimable, serviable et souriant. Pendant un moment, j'ai pensé que c'était un piège et je n'ai pas voulu lui révéler notre destination quand il nous l'a demandée.

— Malaga, a répondu Cerise, pas méfiante pour un sou et tout à fait disposée à répondre aux questions d'un chauffeur de taxi agréable.

Le mec nous a dit qu'il y partait tous les ans avec sa femme, pendant les ferias du mois d'août. Il nous a recommandé un excellent restaurant de fruits de mer dans le quartier des pêcheurs, nous a conseillé d'aller visiter Cordoue, nous a prévenus que le soleil tapait fort et qu'il ne fallait pas trop s'exposer en début d'après-midi. Mettre de la crème solaire – un indice élevé –, bien s'hydrater et se mouiller la nuque avant d'aller se baquer.

— Vous allez voir, c'est génial comme coin.

J'essayais de comprendre son petit jeu et attendais qu'il m'explique la manière dont je devais me torcher pour ne pas m'irriter le fion. Une fois arrivés à bon port, dans les temps, et n'ayant pas pu démasquer le moindre signe louche, j'ai dû me résigner et reconnaître que j'avais eu affaire à un taxi parisien sympa. Bien qu'un peu trop porté sur l'explication.

Cerise était enjouée, moi j'avais envie d'une bière. On est passés à l'enregistrement et on a bu un verre. Une bière brune. J'ai pris un quotidien et un magazine spécialisé où on promettait trente astuces pour nettoyer soigneusement son clavier d'ordinateur. Quand l'embarquement a commencé, j'ai eu une légère montée d'adrénaline, mais pas de quoi changer de calbar. Avant de m'engouffrer dans la carlingue, j'ai bien regardé la tête du pilote, ai vérifié qu'il avait l'air éveillé, avec le moral et tout. Je trouvais qu'il fallait quand même être un peu taré pour accepter d'avoir la responsabilité d'autant de vies. Que le gars qui se levait tous les matins pour aller faire de la mise en rayon dans une grande surface devait être plus serein. Pourtant, je ne négligeais pas l'intensité du rush du samedi après-midi.

J'ai pris place à côté du hublot et je me suis attaché. J'étais un peu nerveux et je ne me séparais pas de mon bagage à main, dans lequel reposaient dix mille euros, mon journal, mes papiers et un paquet de chips au vinaigre, de loin mes préférées.

Quand ç'a été le moment de décoller, j'ai suivi avec un sérieux presque scolaire les instructions de l'hôtesse de l'air, qui était par ailleurs assez jolie. De longs cils dessinant un regard félin, des cheveux propres bien attachés et des petites oreilles. Je n'étais pas archi-convaincu par l'utilité de tout ce qu'elle nous expliquait, j'avais du mal à imaginer qu'en cas de catastrophe aérienne, je reproduirais à la lettre sa chorégraphie avec le masque à oxygène, mais je lui accordais toute mon attention sans laisser transparaître ma perplexité.

Contrairement à ce que j'imaginais, le décollage ne m'a pas plus impressionné que ça et je n'ai même pas eu besoin de me commander un cognac pour le surmonter. La présence de Cerise devait jouer un grand rôle. Elle était très calme, cela déteignait sur moi. Les trois lignes de Kétamine qu'elle avait sniffées avant de partir devaient y être pour quelque chose. On a un peu parlé, puis d'un coup, elle s'est endormie, légère. Je l'ai regardée, je la trouvais gracieuse. Elle ressemblait un peu à Amandine, la serveuse avec qui j'avais travaillé quand j'étais plongeur. Je n'avais pas l'impression d'avoir le double de son âge, je me sentais encore jeune, même si mon jet de pisse n'avait plus la vigueur d'antan.

J'ai compris assez vite qu'on ne pouvait pas regarder les paysages en avion. J'ai sorti le journal de mon sac pour passer le temps. En règle générale, je m'attardais sur les faits divers, la page dédiée aux courses hippiques et sur mon horoscope. Je ne croyais pas à ces choses-là mais en tant que chômeur, je trouvais amusant de consulter la rubrique travail pour y découvrir que je m'exposais à des tensions au bureau ou que mon esprit d'initiative allait finir par payer auprès de la direction. Je ne lisais pas les pages qui parlaient de sport et passais rapidement sur celles qui parlaient politique. J'essayais pourtant de m'y intéresser, histoire de faire bonne figure, d'être un citoyen concerné. Çà et là, quelques titres d'article attiraient mon attention, mais je n'y attachais qu'un intérêt tout relatif.

« Indre-et-Loire : le mystérieux gagnant du Loto n'est toujours pas venu réclamer son argent. »

« Ariège : braquages en série, un homme d'une soixantaine d'années mis en examen. »

« Seine-Saint-Denis : il tue sa mère pour toucher l'assurance vie, cette dernière n'en a pas souscrit. »

« Paris : le pyromane du Xe enfin interpellé. »

Drôle d'époque. En poursuivant la lecture, j'ai appris que la dernière minute du mois de juin durerait soixante et une secondes en raison de l'écart entre les deux échelles temporelles, celle du temps universel et celle du temps atomique. Et ce truc était valable pour les pays du monde entier, ce qui signifiait que certains mecs sur Terre allaient naître ou mourir (selon l'enthousiasme de chacun) lors d'une minute plus longue que les autres. Je trouvais ça fou.

Ensuite, j'ai essayé de lire l'article au sujet du déplacement du président de la République à Madagascar qui était riche en enjeux, mais il m'a suffi de trois lignes pour me rendre à l'évidence : je n'en avais rien à carrer.

J'ai refermé mon journal, je me suis confectionné un oreiller de fortune à l'aide de mon gilet et me suis endormi à mon tour, en prenant soin de me blottir contre mon sac à dos, dans lequel il y avait une patate en billets verts et des chips goût vinaigre.

Quand j'ai ouvert les yeux, Cerise faisait les mots croisés que j'avais essayé d'entamer. L'avion se rapprochait à grande vitesse du sol, mais à en juger par le calme des passagers et du personnel de bord, et vu que personne ne respectait la procédure dûment expliquée par l'hôtesse de l'air aux petites oreilles, j'en ai déduit qu'il ne s'agissait pas d'un crash mais de l'atterrissage. J'ai voulu me commander à boire, mais un steward hétérosexuel m'a répondu d'un ton laconique :

— C'est trop tard.

Une fois descendus de l'avion et nos valises récupérées, Cerise a commandé un taxi et lui a transmis l'adresse de notre hôtel. Le gars nous a dit que son compteur était en panne, mais qu'il faisait souvent cette course et qu'il y en avait pour cinquante euros. C'était le premier mec avec qui on échangeait sur le sol espagnol et on se faisait déjà entuber à l'ancienne. J'ai pioché un billet dans mon sac et je lui ai filé sans trop négocier. Il ne le savait sans doute pas mais il ne m'aidait pas à me réconcilier avec la profession, qui siégeait toujours à l'avant-dernière place de mon classement des métiers dont je détestais le plus les représentants, juste devant les pompiers. Ces gendres idéaux, courageux, forts et objets de tous les fantasmes.

Ces crânes rasés, bourrés de testostérone, n'hésitant pas à harceler la ménagère attendrie pour refourguer des calendriers remplis de chatons, que ces salopards avaient sauvés au péril de leur vie, en montant tout en haut d'un platane à l'aide d'une échelle spéciale et pourvus d'une combinaison ultraprotectrice. Depuis la nuit des temps, les pompiers manquent d'humilité. Il faut beaucoup d'amour-propre pour s'autoproclamer soldat du feu. Les crêpiers me paraissent plus humbles, plus sains. Ils n'organisent pas, eux, de bals en leur honneur. Ils se contentent de manier le froment avec habileté et dévouement pour satisfaire un peuple indifférent, épris de ces brutes épaisses recluses dans des casernes, où la misogynie et la bêtise triomphent de tout, avec des posters trouvés dans des revues pornos accrochés sur les murs et des concours de bras de fer en guise de veillées nocturnes.

Je n'ai pas dit un mot de tout le trajet, me délectant de ces nouveaux paysages qui allaient désormais faire partie de ma vie, de ces noms amusants inscrits sur les panneaux de direction, de ces vieux moustachus assis au bord des terrasses ombragées des cafés. Des créatures aux cheveux très noirs et à la peau mate se promenaient dans les rues et me donnaient envie de culbuter la terre entière.

Après trente bonnes minutes de route, la voiture s'est garée devant notre hôtel, dans une rue calme au bout de laquelle un parc boisé abritait des gamins qui jouaient au football. En couillon content, j'ai remercié le chauffeur, sorti moi-même les affaires du coffre et je me suis fendu d'un sourire amical. La suite, c'est Cerise qui s'en est occupée. Je n'ai pas capté grand-chose de son échange avec le réceptionniste, il m'avait juste semblé que ce dernier avait mentionné la présence d'un bar français dans les parages, ce que Cerise m'a plus tard confirmé. Le réceptionniste avait l'air plutôt sympa, l'œil moqueur, la moustache apprêtée, la tchatche facile. On a demandé à pouvoir payer d'avance un mois entier, ce que le type, répondant au nom de Paco, a accepté avant de nous remettre les clefs et de nous indiquer le chemin. L'hôtel était vraiment minuscule – une dizaine de chambres réparties sur trois étages. La nôtre se trouvait au troisième. Pour y accéder, il fallait emprunter un escalier en colimaçon jusqu'au premier, aller à l'autre bout du couloir pour accéder à un second escalier qui menait au troisième étage. Je redoutais déjà ces facéties architecturales lors des retours en pleine nuit quand je m'en serais jeté quelques-uns dans le bistrot français susmentionné. Pour le reste, nos premières impressions étaient très bonnes et la douche collective semblait plus propre que ma douche à Paris.

Le soir, après avoir fait une toilette à l'eau tiède et rangé nos affaires, nous sommes allés faire un petit tour puis avons dîné en ville, dans un bar à tapas chaudement recommandé par ce bon vieux Paco. En découvrant le prix de la bière, j'ai cru défaillir. Deux euros vingt la pinte, c'était deux fois moins cher qu'à Paris. Et encore, dans les PMU et les bistrots de quartier. Les endroits remplis de vieilles poches et de jeunes prolos.

Sur le plan culinaire, Paco n'avait pas menti. Les tapas étaient bonnes, surtout celles avec les gambas et les petites herbes. J'en ai repris deux fois. Avec trois bières dans le museau, je n'en avais même pas pour dix euros. En soirée à Paris, avec dix euros, je pouvais avoir un bout de shit qui en valait cinq ou un paquet de clopes et une grande canette à siroter sur un banc. Et encore, un banc de la rive droite. Je gagnais en qualité de vie, il m'avait fallu deux heures et trois bières pour le comprendre. J'avais fait le bon choix. Zyed pouvait bien me faire chercher dans tous les recoins de la capitale, j'avais d'autres projets et je ne comptais pas le faire participer.

Au loin, dans la vallée, on pouvait apercevoir un champ où deux chevaux étaient en train de s'enculer. J'avais l'œil affûté car il y avait bien six cents mètres qui nous séparaient d'eux, mais le fait de les surplomber de notre table nous offrait un avantage non négligeable. Je l'ai fait remarquer à Cerise pour qu'elle profite du moment, et lui ai précisé qu'on avait de la chance de les surplomber car si on avait été installés en contrebas, il nous aurait été impossible de les voir. Les architectes des châteaux forts l'avaient bien compris, et depuis longtemps. La hauteur permettait de voir arriver l'ennemi et les animaux s'enculer.

— Fred, on a une incroyable vue panoramique sur la mer, et toi, tu te focalises sur deux chevaux qui copulent ?

Elle s'est marrée, mais quand j'ai eu le dos tourné, a tout de même jeté un coup d'œil au spectacle.

Il est vrai que mon sens des priorités pouvait parfois interpeller. Enfant, quand j'allais au zoo avec mon père, j'éprouvais une vraie souffrance à me balader entre les lions et les éléphants alors que j'aurais préféré nourrir les pigeons à l'entrée, tout en admirant la prodigieuse mécanique de roulement entre les différents guichetiers lors de la pause déjeuner.

Après cet agréable moment, j'ai réglé l'addition, puis j'ai essayé de faire comprendre à la serveuse que j'étais là pour un bout de temps. Sa façon de bouger son cul de table en table et sa manie de cligner des yeux avec insolence quand elle jactait laissaient supposer une façon de vivre licencieuse, malgré le fait qu'elle avait dû naître bien avant la fin de l'époque franquiste. Elle avait dans les soixante ans mais ses gambettes de gamine m'évoquaient la saveur des bals musettes d'antan, une période durant laquelle je me serais épanoui, ça ne faisait pas l'ombre d'un doute.

En rentrant à l'hôtel, Cerise a découvert le bar français dont nous avait parlé Paco, La Taverne de Bruno, en français dans le texte. Un endroit qui ne payait pas de mine, quelques sièges de bar dépareillés, un comptoir en étain, un distributeur de cacahuètes, des bouteilles de Suze et de Ricard un peu partout, un vieux flipper, des affiches de Mai 68 et quelques mecs accoudés au milieu de tout ça. Derrière le bar, un cinquantenaire bedonnant fumait des clopes et gribouillait des trucs dans un cahier. Tout ce que je chérissais le plus au monde se trouvait ici. On s'est arrêtés pour boire un godet et se présenter, moins par envie de picoler que par politesse. Ce soir-là, on était les seuls Français. Cinq autres types, tous d'origine argentine, buvaient des mousses et nous regardaient d'un œil suspicieux.

Bruno venait de la banlieue parisienne. Un gars de la vieille école, c'était palpable, il sentait l'huile de moteur, le charbon et la castagne. Un peu comme moi,

135

mais en plus prononcé. Il avait les tempes dégarnies, des poches de kangourou sous les yeux et une barbe grisonnante mal taillée qui dissimulait une mâchoire carrée.

— J'ai ouvert à la fin des années quatre-vingt. À l'époque, la Costa del Sol, c'était l'orgie, on savait s'amuser. La coke pleuvait, les gens baisaient en pleine rue. Maintenant ça s'est calmé, on s'emmerde presque. Le tourisme a changé, la fiesta aussi. On croise pas tant de Français que ça. Tout cas, vous êtes les bienvenus.

Après deux verres, il a payé sa tournée, nous a gratifiés de quelques anecdotes et nous a présentés aux Argentins. Des gars qu'étaient dans le bâtiment. Il a ajouté que si on avait un pépin, les Argentins le réglaient ou en étaient le fruit. Que la plupart du temps, ça dépendait de nous. J'ai offert une tournée aux Argentins avant de rentrer à l'hôtel.

La première nuit, j'ai très peu dormi. Je me suis posé des questions, ce qui ne m'arrivait pas si souvent. Je me demandais si ma rencontre avec Cerise avait été une bonne chose. Si le fait de dormir avec un pauvre type dans une chambre d'hôtel du sud de l'Espagne pour fuir un proxénète algérien pouvait lui apporter un quelconque bonheur. Zyed n'en avait pas après elle, pas après l'argent qu'elle avait gagné, il en avait après moi, après mon flouze. Si j'avais accepté de le lui filer, Cerise n'aurait pas eu à se barrer. Elle aurait pu continuer sa vie d'étudiante, peut-être arrêter la came après mes admonestations, et probablement rencontré un chouette garçon. Ce n'était pas trop tard, mais ça me paraissait plus mal embarqué que si j'avais laissé tomber à temps ou accepté de coopérer avec Zyed.

Et puis je me suis dit que je ne lui avais rien imposé, ni le trottoir, ni la fuite, et encore moins la came. En plus, je lui avais laissé le meilleur lit.

12

Les premiers jours, on s'est un peu baladés dans Benalmadena, puis à Malaga. Un après-midi, Cerise était allée au musée Pablo-Picasso et je l'avais accompagnée pour l'attendre dans un bistrot situé juste en face. C'est après sa visite qu'elle m'avait avoué n'avoir presque pas mis d'argent de côté, il ne lui restait que quelques centaines d'euros. Une bonne partie avait été dilapidée dans la drogue. Elle avait déconné grave avant le départ, à cause du stress et tout. Elle a ajouté qu'elle allait chercher un boulot pour un ou deux mois avant de repartir en France. Elle ne resterait pas dans mes pattes tout le temps, elle avait bien compris que j'étais programmé pour vivre seul.

Sa compagnie m'était très agréable, mais elle n'avait pas tort. J'étais seul et je l'avais presque toujours été. Je m'étais barré de chez mon père quand j'étais gamin, n'avais jamais vécu en colocation. Quelques mois à peine pendant mon service militaire mais je m'étais fait virer avant la fin. Je n'avais même jamais eu de chat, la faute à de vilaines allergies. Un bilan de pauvre type. Cela dit, je relativisais beaucoup à ce sujet. Surtout depuis que j'étais tombé sur l'ouvrage d'un psychologue clinicien qui expliquait que la solitude offrait une largeur de conscience qui repoussait les frontières de l'inconscience, de l'automatisme et qu'elle augmentait sensiblement la vitalité de l'homme. Il ajoutait que la solitude était nécessaire pour le développement harmonieux de nos ressources, en particulier dans la relation interpersonnelle amoureuse. Bon, je n'avais pas tout pigé, mais l'essentiel était là. Et puis moi, j'appréciais surtout de pouvoir chier la porte ouverte et me laisser aller à des expérimentations corporelles dans lesquelles j'engageais parfois mon aspirateur, activités incompatibles avec d'autres personnes, vous pouvez me croire. En somme, je me sentais bien avec moi-même, c'est ce qu'il fallait retenir.

Concernant l'argent, je l'ai rassurée et me suis engagé à raquer les deux premiers mois de loyer et la bouffe, en attendant qu'elle se fasse un peu de maille. Elle n'en demandait pas tant, me disait qu'elle allait se débrouiller, mais je lui devais bien ça. Du moins, j'avais l'impression de le lui devoir. Tout ce que je possédais, je l'avais gagné en buvant des canettes dans mon camion ou à proximité, pendant qu'elle et Marlène faisaient des pipes à des mecs bourrés, des gros lards en sueur, des banlieusards énervés et un prêtre démissionnaire.

— Je trouverai rapidement du boulot, Fred.
— Je sais, t'en fais pas.

Je n'étais pas inquiet. Si le cours du houblon n'augmentait pas, j'avais de quoi voir venir et c'était là l'essentiel.

139

En règle générale, Cerise se réveillait en fin de matinée. Elle partait se doucher, prenait un café chez Bruno ou au Flamingo, un bar calme tenu par un couple de Cubains, puis empruntait le bus pour déposer des CV dans les restaurants en bord de mer. Elle parlait plusieurs langues et surtout, elle avait un petit cul magnifique, deux critères essentiels dans le secteur de la restauration.

Moi, j'émergeais en début d'après-midi, je commençais par chier un morceau et ensuite, je descendais regarder la télé de l'hôtel. En grande partie pour améliorer mes notions d'espagnol, mais aussi pour la présentatrice météo du bulletin de quinze heures, qui réveillait en moi la libido adolescente que je n'avais jamais vraiment perdue, mais que mon inactivité sexuelle avait quelque peu ankylosée.

En journée, le réceptionniste s'appelait Miguel. Il était courtois et plutôt souriant, mais on échangeait très peu, en tout cas bien moins qu'avec Paco. Je le trouvais trop lisse, trop procédurier. Il nettoyait le bureau de la réception avec beaucoup d'application, se montrait précis dans ses indications, disponible pour la clientèle et à l'écoute. Il sentait bon, réglait les rares conflits avec calme, psychologie et impartialité. Son rasage était irréprochable et sa chemise repassée avec soin. Je m'en méfiais un peu.

L'après-midi, je passais à La Taverne de Bruno pour boire des mousses et me préserver de la chaleur qui ne cessait de croître avec l'approche de l'été. On discutait de politique et de gonzesses. Parfois d'astrologie. Je me suis vite rapproché de lui, de manière assez naturelle. Peut-être parce qu'il était alcoolique et qu'il tenait un bar. On restait ensemble des heures durant. Il me racontait comment il avait braqué sa première station-service en Bourgogne à seize ans, moi je lui faisais part de la difficulté de faire une bonne crêpe de blé noir. Tous les soirs, les Argentins se pointaient après le boulot, me serraient la main, saluaient le patron et allaient s'asseoir à leur table.

En peu de temps, j'avais trouvé mon rythme, une mécanique bien huilée qui me rendait heureux, même si l'air de Paris me manquait.

Après trois ou quatre semaines de recherche, Cerise a trouvé du boulot. Serveuse dans un restaurant de poissons en centre-ville, entre les grands hôtels et les boîtes de nuit, dans le coin où je ne mettais jamais les pieds. Elle se tapait quarante heures par semaine, avec un seul jour de congé. De temps en temps, elle sortait avec des collègues de son âge après son service du soir. Je l'encourageais d'ailleurs à le faire plus souvent, mais tout cela ne semblait pas l'intéresser outre mesure. Elle se pressait de rentrer pour me rejoindre chez Bruno, insistait pour passer du temps avec moi quand elle avait un jour de libre et se contentait de moments simples en ma compagnie. À savoir, boire des bières chez Bruno et bouffer des gambas dans le bar à tapas recommandé par Paco, celui où travaillait la vieille serveuse bandante. Par ailleurs, Cerise était très autonome. Elle connaissait tous les commerçants du coin, appelait certains vieux par leur prénom et parlait déjà la langue avec une aisance déroutante. Elle avait même trouvé un jeune Marocain qui vendait de la came en ville et dont les prix défiaient toute concurrence. Sa polyvalence m'épatait, mais son addiction aux stupéfiants commençait à m'inquiéter.

13

Un soir, la serveuse du bar à tapas est venue boire des coups chez Bruno. Je n'ai pas pu m'empêcher d'y voir une tentative de rapprochement. En effet, deux jours plus tôt, je lui avais confié que je traînais tous les jours à La Taverne et que du coup, elle savait où me trouver. Si besoin.

Ce soir-là, elle s'était pointée seule, propre, coiffée avec soin et vêtue d'une robe légère que le vent, pourtant léger, n'avait pas de peine à soulever. On a picolé tous les trois, au moins deux bouteilles de rosé et autant de blanc. Plus elle buvait et plus elle paraissait vieille, mais plus elle paraissait vieille et plus j'avais envie de l'embrasser goulûment, la foutre en l'air, la faire valdinguer dans tous les sens, lui envoyer de grands coups de boutoir, quelques gifles bien senties entre deux saillies, deux ou trois pichenettes derrière les oreilles et de légers coups de poing dans les côtes, pour asseoir ma suprématie de mâle absolu, mon impériale domination. Elle éveillait en moi les sentiments les plus ignobles, me transformait en un phallocrate convaincu et endurci, un vil personnage, un malotru sans foi ni

142

loi. Je voulais lui faire beaucoup de bien, mais aussi un peu de mal. Quoi qu'il en soit, tout ce que je voulais avec elle passait par ma verge. Du moins en grande partie. Je m'en voulais de ressentir cet irrépressible désir de me livrer à de pareilles immondices, d'éprouver ce sentiment proche de la haine, ce truc violent qui sommeillait en moi dans une parcelle inavouée de mon être. En toute franchise, de telles insanités ne me ressemblaient pas, je n'étais pas coutumier du fait. J'étais un monsieur, j'avais les codes, je vénérais les femmes avec la dévotion d'un Indien pour les vaches ou l'amour d'un Texan pour sa terre. Mais elle, c'était autre chose. Du domaine de l'indicible, de l'indescriptible, une attirance que seule la théorie atomique aurait pu expliquer, résoudre. J'ai remis une bouteille sur mon compte, Bruno a fermé le bar et on a continué à l'intérieur. Du bar, pas de la serveuse. Je ne comprenais pas grand-chose de ce qu'elle racontait. Après huit semaines sur place, mon espagnol laissait encore à désirer, mais je lui ai fait savoir que je la voulais, et j'avais l'impression de sentir le fumet de la réciprocité. Elle clignait sans arrêt des yeux, se touchait les cheveux comme une gamine, passait son index sur sa lèvre inférieure et posait sa tête contre mon épaule après chaque gorgée, comme pour souligner son état d'ébriété avancé et me suggérer une certaine docilité amoureuse. Je savais lire entre les lignes et décryptais volontiers les messages qu'on essayait de me faire passer. Après un énième verre, je suis parti pisser et m'asperger un peu d'eau froide sur le visage, la vieille pute me filait des sueurs tièdes. Je me suis regardé dans la glace, mon œil gauche était presque entièrement fermé, mais ça me donnait un certain charme.

Je n'étais pas très beau, mais j'aimais bien ma gueule, j'avais un truc. Un tarin plein de caractère et une belle racine de cheveux. Je me suis encouragé, comme l'aurait fait un coach sur le ring de boxe et j'y suis retourné, l'œil – droit – conquérant. Je m'encourageais.

— Allez, Fred, rentre-lui dedans. Elle est pour toi celle-là, elle attend que ça.

Juste avant de faire mon retour, je me suis passé la main dans la tignasse, histoire de lui donner un peu de volume, c'est important le volume, les merlans vous le diront. Je suis sorti des chiottes, j'entendais la musique, je me sentais bien, affûté et séduisant. Volumineux sur le plan capillaire et serein au niveau intestinal. Ce soir, c'était pour moi, ça ne faisait pas l'ombre d'un doute. Elle était venue pour ça. Plus je m'avançais et plus j'entendais un autre bruit de fond derrière la musique, une sorte de rythmique régulière, cadencée. Je me suis rapproché du bar et là, j'ai vu Bruno qui était en train de se taper la vieille, derrière le comptoir. Les deux ne faisaient pas dans la dentelle. Les bouteilles voltigeaient, le Bruno il y allait franchement, sans prendre de pincettes, la mâchoire serrée, mais la vieille avait de la reprise et ne se laissait pas faire. Ils grognaient, se cognaient contre les murs, s'échangeaient d'épais glaviots. La vieille saignait même du nez, mais rien, pas même ma présence, ne pouvait les arrêter. Ils se la donnaient. J'ai vite arrêté de regarder et je suis parti par la sortie de secours, celle que Bruno utilisait pour les livraisons.

Sur le chemin du retour, je l'ai eu un peu mauvaise et suis rentré en maugréant après les femmes et le reste. J'étais un peu résigné, abattu. J'en avais marre. Les femmes ne me laissaient pas indifférent, mais avec le recul, je me rendais compte qu'une bonne blanquette de veau m'apportait plus de plaisir et bien moins de désillusions. Dans mon ivresse avancée, je me suis promis de ne plus jamais m'y intéresser. De les bannir de mon existence. J'ai fumé une clope devant l'entrée de l'hôtel. En me voyant, Paco est sorti s'en griller une avec moi.

Il m'a demandé comment j'allais, a conclu sa phrase par *amigo*. Je lui ai répondu que j'en avais marre des gonzesses, j'ai conclu ma phrase par *putas*. Il m'a fait signe d'attendre un instant, est retourné à l'intérieur de l'hôtel pour finalement réapparaître avec une bouteille de scotch et deux verres en plastique. Miguel aurait rapporté des verres à whisky, un éventail, des glaçons et salué avec une courbette. Lui, il m'a taxé une clope et s'est mis à me parler de son épouse sans se soucier du fait que j'étais français, dans son pays depuis quelques semaines seulement, et que je ne comprenais rien de ce qu'il me racontait. Une fois son monologue terminé, il m'a resservi une fois encore, m'a tapé dans le dos et s'est barré dans le back-office de la réception pour finir sa nuit.

Quand je suis arrivé dans notre chambre, Cerise ne dormait pas, elle fumait un joint à la fenêtre tout en posant du vernis sur ses pieds, enfin sur ses ongles de pied. Elle a tout de suite vu que ça n'allait pas, alors je lui ai raconté ma mésaventure. Les nouvelles mesures que je comptais mettre en place, ma résignation envers le sexe opposé, mon échec aux élections de délégués au collège pour un seul et unique vote, mon début de cirrhose, les doutes que j'avais au sujet du tri sélectif, de l'acheminement supposé des déchets dans les usines de recyclage et de l'hypothétique valorisation possible de bouts de carton et de boîtes de conserve défoncées. Je lui ai aussi raconté que j'avais été le meilleur ami du plus grand magicien de la planète et lui avais même sauvé la vie, mais elle ne m'a posé aucune question à ce sujet, comme si elle doutait de la véracité de mes propos. Alors, j'ai embrayé sur un autre sujet, que je me sentais vieux et con. Je lui ai parlé des femmes que je fréquentais et des relations que j'entretenais avec elles. Séverine ne voyait en moi qu'une brisure à qui on pouvait soutirer de la braise de temps en temps, Marlène me considérait comme un ami et rien d'autre, Pichard n'était pas tout à fait mon style.

— Qui est Pichard ?
— Une vieille que Marlène venait aider dans mon immeuble.
— Et vous avez...
— Failli.

Plus jeune, c'était déjà la même chose. Quand je bossais dans le restaurant de Claude, la petite serveuse que j'aimais tant, Amandine, bah, elle n'avait pas voulu de moi. Le premier rapport sexuel de ma vie avait été interrompu par Valérie parce que je la dégoûtais. Et ce soir, ça recommençait. La serveuse, pour Bruno. La nana du site Internet s'était barrée et ne m'avait jamais rappelé. Mon frère était mort à cause de moi, l'Église préférait qu'on se tienne à l'écart l'un de l'autre. En plus de tout ça, comme si je n'avais pas assez souffert dans la vie, j'avais dû quitter mon pays natal, ma ville chérie, et m'exiler tel un criminel de guerre. Je perdais tout le temps à la belote parce que je me retrouvais avec Titi et que c'était une grosse buse avec laquelle personne ne voulait jouer. Bref, le destin s'acharnait sur moi de façon bien sournoise et je n'avais pas l'impression de le mériter.

— Moi, je suis là, Fred.
— C'est gentil.
— Tu sais, je voulais te dire...
— C'est pas des conneries pour le magicien, Cerise.

J'ai commencé à lui expliquer que j'avais rencontré le gars lors de mon service militaire, la pire année de ma vie car je ne supportais ni les ordres, ni le clairon, ni la gadoue, ni les concours de branlette. J'étais parti pour lui raconter l'histoire la plus dingue de mon existence, mais alors que je plantais le décor, elle m'a coupé dans mon élan et, sans raison apparente, s'est mise au lit et a éteint la lumière.

— À demain, Fred.

Je n'ai pas trop compris. En tout cas, elle ne savait pas ce qu'elle loupait. C'était une sacrée anecdote, un truc tellement dingue qu'on aurait pu le croire tout droit sorti d'un film hollywoodien, pas le genre d'histoire qu'on entendait tous les quatre matins. Je suis allé me brosser les chicots, car j'attachais une importance vitale à mon hygiène bucco-dentaire, et je me suis glissé dans mon lit. Ce n'était peut-être pas plus

147

mal d'avoir gardé mon récit pour moi, le commun des mortels n'était sans doute pas prêt à l'entendre.

Le surlendemain, quand je suis retourné chez Bruno, il s'est excusé. Il m'a dit qu'il était bourré et que la nana lui avait sauté dessus. Il n'avait rien pu faire, mais pour se faire pardonner, il était prêt à me mettre en relation avec une Colombienne, particulièrement conciliante après deux verres de vin.

— C'est gentil, mais j'arrête.

Il n'a pas posé de questions et m'a servi un demi. En revanche, je lui ai dit que s'il voulait me filer un coup de main, je voulais bien un plan pour récupérer un scooter, voire une Mobylette. J'en avais marre de prendre le bus et je voulais me faire quelques balades avant de ne plus avoir un sou en poche. Il a passé deux coups de fil, et le soir même, j'avais un rendez-vous dans un garage à Torremolinos, la ville voisine. Pour éviter que je me fasse avoir, il avait insisté pour m'accompagner et avait fermé son bar une petite heure. C'était vraiment un gars bien. En route, il m'a confié qu'il avait pris dix ans de taule en France. Avec les remises de peine, il n'avait fait que cinq ans et demi mais cela avait été long, et on ressortait de prison pire que lorsqu'on y était entré.

— Après, je suis venu ici. Si j'étais resté en France, j'aurais pris perpète ou je serais mort. Tout cas, j't'aime bien, Fred.

148

J'ai hésité à lui parler de mon blouson avec la doublure trouée pour voler dans les supérettes, et de la prostitution en col roulé, mais j'ai préféré ne rien dire. On ne pratiquait pas la même délinquance. À Torremolinos, la transaction s'est déroulée sans accroc, les gars semblaient réglo. Bruno a vérifié lui-même que tout était en ordre – le véhicule, les papiers –, il m'a obtenu une ristourne, et j'en ai eu pour cinq cents euros, avec un casque style aviateur. Une affaire. Je l'ai remercié comme il se devait et lui ai proposé de l'inviter à dîner, mais il était attendu au bar. Alors, je l'ai suivi et on est rentrés à Benalmadena.

Avec mon deux-roues, j'ai grandement gagné en autonomie. J'avais l'impression de vivre comme Jack Kerouac, d'être un baroudeur, un aventurier libre comme l'air, un explorateur en quête d'infini qui parcourait le monde sans limites, avec quelques pièces en poche. Le seul inconvénient, c'était que je devais faire gaffe avec la boisson, alors je partais en début d'après-midi et revenais à Benalmadena pour l'apéro. Je ne pouvais pas me permettre de trop me murger puis de conduire. En cas d'accident, il aurait fallu repayer une bécane et cette nouvelle dépense aurait plombé mon budget.

Je ne m'arrêtais plus de rouler. Au bout de deux semaines, j'avais déjà visité la charmante Mijas, un village grec en plein milieu de l'Espagne, dormi une fois dehors près de la gare à Fuengirola, après m'être ramassé une caisse dans un bistrot local. J'avais roulé deux heures pour me rendre à Ronda, une ville saisissante, intemporelle et, dans une certaine mesure, assez flippante. Je m'étais même arrêté à Marbella pour voir les yachts de luxe, les nonagénaires majestueux et les grosses bagnoles décapotables. Cette ville sentait le cigare et le parfum. Je ne m'y étais pas attardé, trop clinquant pour l'homme de valeurs que j'étais. Et puis, je faisais tache avec mon casque d'aviateur, mon scooter et mes sandalettes en plastique. Je savais que ces dernières ne me mettaient pas en valeur, mais j'étais vraiment à mon aise dedans. Un peu comme les maris désabusés avec leur femme en surpoids.

Je mangeais au restaurant presque tous les jours, je payais des coups dans les bars, je rencontrais des gens. Je menais la grande vie. Je déambulais ici et là, flânais d'une rue à l'autre, de ville en ville, et ne me souciais plus de rien puisque je venais de renoncer aux femmes, responsables de tous mes maux. Je partais me promener environ une heure après mon réveil, prenais mon calepin, un stylo et deux bières, et m'en allais tel un oiseau migrateur, pour voir du pays et écrire quelques poèmes, dans les squares ou ailleurs.

Mes sandalettes, à moi.

*Car c'était la quintessence même de l'existence
de pouvoir, sans difficulté, prendre son pied
et le glisser avec une délicieuse aisance
dans le plus agréable et confortable soulier.*

La qualité de mes écrits se révélait assez inégale, mais le plaisir que me procurait cette activité me réjouissait au plus haut point et me laissait penser que je n'étais finalement pas l'être le plus résigné vivant sur cette planète.

Quant à Cerise, elle m'avait demandé si je ne voyais pas d'inconvénients à ce qu'elle reste encore quelques semaines. Ses cours ne repreniaient qu'en octobre et elle n'était pas pressée de rentrer en France. Je ne m'y suis pas opposé. Notre cohabitation se déroulait avec une admirable simplicité et une certaine forme de complicité. Je l'aimais beaucoup.

14

Au bout de quatre mois, j'ai décidé d'appeler Omar pour lui donner de mes nouvelles. Je voulais aussi savoir comment bossait Habib, le pote que je lui avais recommandé et tenter, par la même occasion, de prendre la température concernant Zyed. Savoir s'il était toujours dans les parages, s'il évoquait mon cas de temps à autre, s'il ruminait une atroce vengeance, préparait l'extraction de mes organes à la pince à épiler ou songeait à me noyer dans une piscine remplie d'urine. Omar ne pouvait pas me laisser dans cet état, j'étais son ami. Même s'il m'exploitait sans le moindre remords, j'étais son ami.

— J'ai plus un rond, Omar. J'ai tout bu. Pis, j'ai acheté un scooter. Il est beau, faudrait que tu miraves ça, j'ai la classe avec. Mais y a pas d'boulot ici, pis je parle français, ça aide pas. Je jacte un peu le patois local, mais rien de bien fameux. Pas assez pour gagner mon pain, en tout cas. Tu comprends ça ? J'ai besoin de toi sur ce coup-là. Faudra bien que je rentre un jour et pas pour m'faire plomber, si tu vois ce que j'veux dire.

— Fred...

— Et mon pote Habib, comment il va ? C'est un bon, hein ? Un champion, je te l'avais bien dit. Vas-y, dis-moi qu'il est bon.

— Il est super. Mais j'ai pas pu l'garder. Surtout pour le couscous, tu comprends... Les clients ils aiment pas ça, les handicapés... enfin pas dans la restauration. Du coup, j'ai pris un gars moins bien, mais avec deux bras.

— Et Zyed, il parle de moi ?

— Bah non.

— Jamais ?

— Un peu, au début. Quand t'as commencé à rincer tout le monde au bar. Il demandait dans quoi tu traînais. Il a cru un moment que t'étais peut-être un concurrent. Mais il fait les coqs, lui, pas les putes. T'as rien à craindre.

J'ai demandé à Omar de préciser. Il ne pouvait pas se montrer aussi évasif, alors que ma vie était en jeu.

— Préciser quoi ?

— Tout. J'comprends rien.

— Zyed n'a pas de filles sur l'trottoir, c'est pas un proxo comme toi. Lui, il organise des combats de coqs dans un hangar à Rungis. Parfois à Montreuil, selon la météo. À Montreuil, c'est en plein air, c'est agréable au printemps. Mais quand il pleut, c'est la merde. Les coqs perdent leurs appuis.

— Bordel de cul.

Selon lui, M. Zyed était réputé pour avoir les meilleurs coqs de Navarre, des Combattants de Bruges importés de Belgique, croisés avec des faisans. De véritables machines de guerre, la race la plus farouche du circuit. Des nazis à plumes, ni plus ni moins. Selon la légende, une seule de ses bêtes pouvait terrasser une meute de loups tout entière. Il les entraînait lui-même dès qu'ils avaient six semaines, veillait sur leur alimentation et leur faisait écouter des concertos pour violon de Brahms et Tchaïkovski pour les apaiser après les combats et favoriser l'éveil de leurs capacités cérébrales. Il organisait et réglementait les paris, mettait en place des tournois, des événements majeurs dans le milieu. Des gars venaient du Midi pour voir ses bestiaux. En termes de cruauté, certains n'hésitaient pas à avancer qu'il rivalisait avec les mecs des pays de l'Est, ce qui, dans la profession, faisait office de compliment divin. D'après Omar, il s'agissait d'un business fructueux, aux retombées financières colossales et Zyed en était la figure de proue, le leader incontesté, la référence ultime. En revanche, il n'avait jamais pris un centime sur une passe et ne s'intéressait pas à moi. Il n'allait même pas aux putes et se satisfaisait sans mal de son épouse, à peine majeure et très jolie, selon les dires de Jean-Claude et Omar.

— Un jour, Zyed a cru que tu baignais là-dedans et que tu voulais le doubler. C'est parti d'une rumeur au sujet de ton blé, les gars se demandaient d'où qu'il venait. C'est vrai que c'était bizarre pour eux, ils étaient pas habitués à te voir avec des billets. Je lui ai raconté que tu étais dans d'autres affaires et qu'il avait pas à s'inquiéter.

154

— Ah ouais ?

— Ouais, et il est passé à autre chose.

Les gens ne m'imaginaient pas avec du pognon, c'était un fait. Tout était parti de ça, de mon pognon et de ma gueule de type destiné à ne jamais en avoir.

Je voulais bien croire à cette version, mais Cerise s'était montrée catégorique. Le jeune Arabe tout long était un homme de Zyed, le gars s'était présenté en tant que tel. Quelque chose ne tournait pas rond.

Je devais mener l'enquête, seul. User de mon esprit de déduction, et comprendre qui m'en voulait et pourquoi.

J'ai remercié Omar pour ces informations et je lui ai tout de même demandé de reconsidérer son avis concernant Habib.

— Fred, j'ose pas lui laisser la camionnette pour les courses.

— C'est un excellent pilote. Tends-lui la main.

— Il pourrait pas l'attraper.

La vie de mon pote Habib ne devait pas être simple. Un tas de machins étaient mal branlés pour les manchots. Les applaudissements constituaient une manifestation de joie assez sectaire, les gants se vendaient toujours par deux. Même la prière devenait compliquée. J'ai allumé une clope et je suis parti marcher un peu vers le vieux village, à Benalmadena Pueblo, dans les hauteurs.

Pendant des mois, j'avais travaillé le samedi chez Omar. Ma journée terminée, je rentrais en empruntant toujours le même itinéraire et m'arrêtais dans le bar La Belette, où je passais une bonne heure avant de

155

regagner mon appart. Si quelqu'un avait dû s'attaquer à moi pour de bon, je n'étais pas dur à filer, il était aisé de me trouver, de me choper avec une arme (même sans) au moment où je tapais mon code d'immeuble (A8727), pour ensuite me séquestrer et me faire cracher (sans trop avoir à s'employer) l'endroit où je cachais mon fric (sous une latte de parquet). Du moins, si j'avais eu à me pister, j'aurais procédé de la sorte. C'était un plan qui me paraissait assez simple à échafauder et pourtant, rien ne s'était passé. Je trouvais ça étrange.

J'ai continué à marcher le long d'un petit chemin jonché de coquelicots et bordé de quelques modestes maisons, des bicoques blanches de plain-pied, aux terrasses en bois où des vieilles, abasourdies par la chaleur, cousaient, installées dans des rocking-chairs qui semblaient fatigués de se balancer depuis tant d'années. Un peu plus loin, je me suis assis sur un banc sous un arbre, en bordure de colline. Je me suis fumé une autre clope. La vue était d'une rare beauté, presque indescriptible. Comme chaque fois que je voyais un truc magnifique, je ressentais un sentiment très égoïste et me l'accaparais, comme si le spectacle n'était que pour moi et que le décor m'appartenait. Comme si j'étais le premier et dernier être vivant sur cette Terre à en profiter et qu'à l'instant où je tournerais le dos à cette fabuleuse scène de vie, le rideau tomberait, en harmonie avec la rotation de mes talons, dans une synchronisation naturelle. J'avais déjà ressenti ça à Montmartre, lors d'une promenade au petit matin, puis en contemplant une danseuse dans un night-club de province et, enfin, à l'intérieur d'une coopérative de fromages à Bourg-Saint-Maurice.

156

Soudain, perdu dans l'intensité de mes réflexions et alors que je pesais le pour et le contre entre rester assis à l'ombre ou me lever pour aller boire des bières, j'ai eu une pensée fulgurante qui m'a sorti de ma torpeur, de mon dilemme cornélien, de mon choix de Sophie.

J'ai pris mon courage à deux mains, je me suis levé, suis revenu sur mes pas à toute vitesse pour monter dans le bus et descendre, deux stations plus loin, dans le quartier d'Arroyo, où se trouvait mon hôtel. Je suis rentré en trombe, oubliant même au passage de saluer Miguel à la réception. J'ai monté les escaliers, mis la clef dans la serrure de ma chambre comme l'aurait fait n'importe quel bougre désirant ouvrir une porte fermée, et j'ai foncé vers mon petit sac de voyage, celui qui contenait mon argent, le journal acheté le jour de mon départ et un emballage de chips au vinaigre, mes préférées. J'ai pris le canard, je suis entré dans une sorte d'état de frénésie en tournant les pages pour trouver l'article que je cherchais.

« Paris, le pyromane du Xe enfin interpellé.

L'individu qui s'était rendu coupable d'une centaine d'incendies de véhicules, en particulier dans le quartier de Strasbourg-Saint-Denis, a été appréhendé et placé en garde à vue par la brigade anticriminalité du Xe arrondissement. Récemment licencié de la firme Renault et instable psychologiquement, l'homme, âgé d'une cinquantaine d'années, aurait revendiqué d'obscurs motifs, sur fond de vengeance. Il encourt dix ans de prison et 150 000 euros d'amende. »

Les dates concordaient, le quartier aussi, et le gars ne s'en prenait qu'aux véhicules de la firme Renault, la marque de mon camion. Je pouvais comprendre le désespoir de certains gars. Un licenciement, ce n'était pas de la tarte, surtout à notre époque, mais j'étais moins bienveillant quand je devenais l'une des victimes collatérales. J'ai prié pour que cette crevure prenne vingt ans de taule et atterrisse dans la cellule d'un colosse amoureux des véhicules Renault et des pratiques sodomites.

J'ai compris que personne ne s'occupait de mon cas et de mes filles en col roulé. Que j'avais tout plaqué pour de mauvaises raisons et vécu des semaines avec la boule au ventre pour que dalle. Je n'étais qu'un sombre abruti, ce que Séverine s'évertuait à me dire depuis toujours. Alors que je lui accordais une confiance aveugle, Cerise m'avait menti au sujet du jeune Arabe tout long. Y penser me filait la nausée.

Je me suis allumé un mégot de cigarette qui traînait sur le rebord de ma fenêtre. Il me restait un peu de fric. Pas de quoi m'offrir une baraque dans le Var, mais assez pour payer ce que je devais à l'hôtel. Si je n'étais pas dans la merde, ça en avait l'odeur, la texture et la couleur.

Je suis passé chez Bruno pour me changer un peu les idées et boire une bière fraîche. Je ne lui avais jamais expliqué pourquoi j'avais quitté la France mais en dehors de ça, il connaissait tout de moi. C'était devenu un ami, je pouvais me confier à lui, mais je ne me vantais pas trop de mes activités passées.

— J'ai presque plus un rond. Je suis marron, mon Bruno.

— J'ai peut-être un plan pour toi.

Un plan. C'était un mot qui me plaisait, un son évocateur. J'ai toujours préféré « les plans » au boulot. Les combines plutôt que les formations rémunérées. J'aimais mieux être sur un coup qu'avoir une mutuelle par le biais de mon travail. Je n'étais pas un voyou, mais les arnaques ne me laissaient pas insensible. Et j'ai tout de suite compris que ce que me proposait Bruno ressemblait à ce genre de truc. Je savais qu'il ne s'était pas tout à fait rangé, ce gars avait ça en lui, ça se voyait sur son front. Il ne pouvait pas s'en dépatouiller.

— Mon associé s'est barré. J'peux pas t'en dire plus, mais j'ai besoin d'un gars.
— Je suis d'accord.

Il n'a pas tardé à m'expliquer de quoi il s'agissait. Le plan de Bruno, ou plutôt le plan à Bruno, pour reprendre ses mots, c'était le loup sauvage. Un poiscaille très prisé par les pêcheurs, les restaurateurs et les clients. Avec la montée en flèche du marché turc, la plupart des fournisseurs se voyaient obligés de proposer du loup d'élevage, deux fois moins cher à l'achat mais deux fois moins savoureux et deux fois moins apprécié par le touriste un brin connaisseur. Les mecs étaient dans la merde et seuls les restaurants les plus huppés pouvaient se permettre de mettre du loup sauvage à la carte, ce qui participait à grandement creuser le fossé avec les autres. En résumé, et en grossissant un poil le trait, le loup sauvage foutait un souk pas possible en ville et on me confiait la tâche d'arranger tout ça. C'était un vrai job, avec des responsabilités, des enjeux primordiaux. On me demandait de sauver des emplois, des familles, en tout cas, je le voyais comme ça.

— Je connais bien un pêcheur, un mec qui fait dans le gros. Il me rancarde sur les arrivages des bateaux, des quantités importantes. Le gars a toujours un mec dans la combine. Bref, j'ai besoin de quelqu'un pour aller chercher des caisses de poissons le matin et les revendre aux restaurateurs dans la foulée. Normalement, le prix du kilo c'est vingt euros. Les Turcs le font à treize, nous à quinze, mais on livre plus vite. Et plus frais.

— C'est important, la fraîcheur.

Ça ne semblait pas sorcier. Je commençais à me débrouiller en espagnol, il me suffisait de demander les mots-clefs à Bruno, les écrire dans mon calepin avec la traduction des termes importants, et c'était bon. Moi, le commerce, le troc et tout ce qui s'apparentait à la vente, j'adorais ça. J'avais de la tchatche, la fibre du brocanteur, je marchandais et savais convaincre mon interlocuteur avec un haussement de sourcil. Je n'étais pas un bosseur dans l'âme, un amoureux du stakhanovisme et, en règle générale, de l'effort, mais s'il s'agissait de magouiller, j'étais prêt à faire des heures supplémentaires sans demander mon reste. Et là, on parlait de mon domaine de prédilection. J'aurais pu vendre des stérilets à des maisons de retraite, des sacs de sable dans le désert, alors du poisson frais à des restaurateurs, c'était du gâteau. Je lui ai dit que j'étais partant, il pouvait me faire confiance, je ne comptais pas me rétracter par la suite.

— Tu deviendras pas millionnaire avec ça. Si tu bosses bien, tu pourras t'faire à peu près mille euros le mois. Ici, avec mille euros, tu vis bien.

Ça m'allait, je ne visais pas le million. De l'argent, je n'en avais jamais eu, ça ne pouvait pas me manquer. Je demandais juste de quoi manger, dormir au chaud et boire des coups. Le reste, c'était de la littérature, et du genre que je n'avais pas envie de lire. Il m'a aussi dit que si je faisais du bon boulot, il me mettrait sur un autre coup. Les camions de marchandises sur « l'aire des pigeons ». Une aire d'autoroute remplie de prostituées, très prisée des routiers. Bruno était de mèche avec certaines d'entre elles, il les arrosait pour qu'elles restent plus longtemps avec les clients, qu'elles tardent à les faire venir. Des gars chargés de livraisons importantes, du matériel de valeur, des pots de peinture, du matériel hi-fi, du linge de lit.

— Du linge de lit ?
— C'est l'nouveau pétrole. Tu sais combien ça coûte une taie d'oreiller ?

Une fois occupés, les gars ne se méfiaient de rien, il n'y avait plus qu'à mettre un grand coup de couteau dans la bâche du camion et blinder notre voiture. Puis revendre ça aux Argentins. Je lui ai dit que ça me branchait un max et qu'il n'aurait qu'à me faire signe quand il me jugerait apte. Je vivais à nouveau, je respirais. La vie m'offrait une nouvelle chance.

Pour fêter notre collaboration, Bruno a sorti une prune maison, un alcool qu'un ami lui avait rapporté

161

du Lot et qui pouvait déboucher sans le moindre souci les cheminées les plus encrassées. Les deux seuls clients du bar, des Anglais aussi rouges qu'éméchés, ont voulu jouer avec nous, mais les gars n'étaient pas prêts et ils ont respectivement abandonné au bout du troisième et cinquième shoots. Avec Bruno, on en a bu douze chacun, la bouteille était pliée. Chamboulé par tous ces événements et chatouillé par l'ivresse, j'ai décidé de rentrer à l'hôtel et de me fumer une demi-douzaine de cigarettes en dix minutes. Bruno s'est resservi un demi et m'a demandé de passer le lendemain matin pour commencer à bosser. J'avais trois jours de formation avec lui et après, il me laissait dans le grand bain.

— Ici à sept heures moins dix, demain.
— Sept heures moins dix ? Du soir, j'imagine.
— Non. Va falloir que t'apprennes à te lever, Fred.
— Ça marche.

J'ai marché (titubé) cinq minutes et je me suis assis sur les marches, devant l'entrée de mon hôtel. Peu après, j'ai vu Cerise en bas de la rue qui rentrait de son service. Elle s'est assise à côté de moi et a lâché un soupir plein de fatigue.

— J'suis morte. Mais j'ai fait quarante euros de pourboire, c'est chouette.
— Dis-moi la vérité et je ne parle pas des pourboires. Tout le bordel à Paris, ton agression et le reste.

Pas de préliminaires, j'aimais la lingerie mais je ne faisais pas pour autant dans la dentelle. Le ton employé était grave. J'avais eu pas mal de temps pour réfléchir à toute cette histoire. Malgré l'affection que je lui portais, je devais me rendre à l'évidence, Cerise m'avait forcément menti à un moment donné et je voulais en connaître la raison. J'ai soufflé comme si j'avais eu une rude journée et l'ai regardée droit dans les yeux pour accentuer le côté mélodramatique de l'instant. J'avais du mal à la fixer à cause de l'alcool de prune, alors j'ai fait mine de scruter l'horizon, puis j'ai jeté mon mégot, l'air dépité. Je n'étais pas indifférent à ce qui se passait, mais j'étais trop ivre pour ressentir le moindre sentiment. J'avais juste besoin de savoir. À sa décharge, elle n'a même pas essayé de me la mettre à l'envers ou feint de ne pas comprendre où je voulais en venir. Elle a allumé une cigarette et m'a tout raconté.

— J'ai essayé de t'en parler plus tôt, je te le jure.
— Ouais.
— Le type que t'as vu, il ne m'a pas agressée et il ne travaille pas pour M. Zyed. C'est un garçon de mon école. Il est amoureux de moi.
— Ouais.
— Au cours d'une soirée organisée par mon école, je lui ai parlé de la came. Et de ce que je faisais pour me la payer. J'étais bourrée, j'avais juste envie de discuter.
— Ouais. J'connais ça.

Comme elle ne se confiait à personne, cet échange lui avait fait du bien. Il était à l'écoute, attentionné, montrait de l'empathie. Mais le mec s'était mis en tête de la sortir de tout ça, de lui venir en aide, il se sentait missionné. Un soir, le gars l'a suivie. Ou plutôt nous a suivis, car j'allais toujours récupérer les filles chez

163

elles. Il a attendu qu'on se mette en place, est venu la voir pour la convaincre d'arrêter tout ça, qu'elle méritait mieux, que c'était pas une vie... et tout un tas de conneries.

— Pour ne pas attirer l'attention, je lui ai demandé de payer s'il voulait discuter.
— Et ?
— Il a payé. Sans rien demander d'autre.
— Le con.
— Une fois dans le camion, je lui ai dit de me laisser vivre, que j'étais heureuse, épanouie. Qu'il ne pouvait pas m'aider, car je n'avais pas besoin d'aide.

Malgré cette discussion, le gars était revenu à plusieurs reprises, toujours en payant. La quatrième fois, un peu agacée de répéter toujours la même chose, Cerise s'était montrée plus sèche, presque méchante, en lui proposant de s'engager dans l'humanitaire s'il avait tellement envie d'aider les autres pour cacher à quel point il avait besoin qu'on l'aide, lui. Le jeune Arabe l'avait rattrapée pour lui dire qu'il l'aimait, qu'il était prêt à tout pour elle.

— Je lui ai balancé que les clients me dégoûtaient moins que lui et qu'il n'aurait jamais sa chance avec moi.
— Ça n'a pas suffi ?
— Non.

Le type était du genre téméraire et ne s'est pas découragé. Il l'avait saisie par le bras et suppliée d'arrêter ça, qu'elle était en train de gâcher sa vie. Il n'était pas triste qu'elle ne veuille pas de lui, mais il l'était parce qu'elle ne semblait pas vouloir d'elle-même. C'est à cet instant précis – ignorant tout de ce qui se passait véritablement – que je suis arrivé pour le latter et lui balancer une rafale de lacrymo dans la gueule. Le gars avait vraiment dû passer une soirée de merde. En même temps, personne ne lui avait demandé de venir jouer le psychologue de comptoir dans mon camion réfrigéré. On bossait, nous, pas de temps pour faire dans le pathos et les analyses de blaireau, style « se prostituer c'est mal, être avocat c'est mieux ». La réalité de la vie était ce qu'elle était, et la situation des avocats ne cessait de se dégrader.

— Pourquoi tu ne m'as rien dit ?
— Je n'ai pas osé te raconter que je le connaissais. Je pensais m'en débarrasser rapidement, je ne voulais pas te mentir, je te le jure.
— Ouais.
— Avant même que je puisse tout t'expliquer, tu m'as demandé si le gars était un complice de M. Zyed. Comme tu me parlais tout le temps de lui, j'ai pensé que c'était plus simple de te dire que oui, qu'il en voulait à ton argent. J'étais perdue...
— Sauf que c'était pas lui.
— Non. Je ne sais pas pourquoi j'ai inventé ce truc-là. L'épisode avec ton camion m'avait un peu chamboulée et puis, je ne voulais pas te décevoir.
— Figure-toi que mon camion, c'est pas Zyed non plus.
— Comment ça ?

Je lui ai raconté que mon camion avait été brûlé par un mec qui en voulait à l'entreprise Renault après s'être fait licencier. Que Zyed travaillait dans un domaine diamétralement opposé au nôtre. Qu'on était là pour rien. Que je venais de perdre plus de dix mille euros et que j'étais bloqué ici car je n'avais plus de quoi gagner ma vie à Paris. Que j'étais décidément incompatible avec le monde du travail et qu'à ce point-là, cela relevait du domaine médical et que je ne pouvais rien y faire. Je méprisais l'idée même d'imprimer un curriculum vitae ou de porter une cravate. Pour moi, cravate rimait forcément avec connard.

— Si je t'ai suivi, c'est parce que je crois que je suis amoureuse de toi, Fred.
— Je t'ai déjà dit que j'avais sauvé la vie du plus grand magicien de tous les temps ?

Je n'avais même pas entendu sa phrase. On ne m'avait jamais dit ce genre de chose, mon système auditif n'était pas apte à retransmettre cette information à mon cerveau, il ne déchiffrait pas cette suite de sons. Le fait d'être rossé entrait peut-être en ligne de compte. En tout cas, aucune femme ne m'avait témoigné de sentiments amoureux, aucune, c'était la première fois en quarante-trois ans, et cette nouvelle me faisait plus tourner la tête que la prune artisanale de Figeac. Je tenais mieux l'alcool que l'amour.

— Fred, je viens de te dire que je t'aime.

Elle m'aimait, moi. En tout cas, elle l'avait dit. Je lui ai répondu que ça tombait mal, j'avais depuis peu renoncé aux femmes et je ne comptais pas revenir sur mon choix. Que les bonnes femmes, elles m'en avaient trop fait baver et que je n'y croyais plus. Cerise était une jeune fille formidable, une incroyable junkie en constante recherche de défonce, une intello déjantée, surprenante, une gamine généreuse et pertinente qui pouvait s'émerveiller devant les premiers bourgeons du printemps avec la candeur d'une enfant ou se laisser sombrer avec la même violence que celle d'un héroïnomane de Detroit. Sa dualité m'attirait. Et puis, c'était une jolie fille avec un cul tout rond, ça ne gâchait rien. Mais voilà, je lui rendais vingt ans, j'avais arrêté de m'intéresser aux femmes – sans pour autant virer pédé –, j'étais un poivrot invétéré et je me lançais dans le loup sauvage avec un ex-braqueur de banques. Alors, je lui ai conseillé de rentrer en France et de reprendre son école, ses cours, sa vie. D'essayer de diminuer sa consommation de merde et d'être heureuse. C'était un peu bateau, mais parfois, ça ne sert à rien de rendre la vie plus compliquée qu'elle ne l'est déjà. Je lui ai dit que je ne pouvais pas retourner à Paris tout de suite, je n'avais aucun moyen de gagner de l'argent et pas mis assez de côté pour voir venir et rester à rien foutre dans mon appartement, en attendant que ma bonne étoile se manifeste et que l'émission de Sophie Davant soit déprogrammée.

— Depuis presque quatre mois, je vis juste avec les pourboires, j'ai un peu d'argent. Je pourrais m'installer chez toi et m'occuper du loyer et des courses en attendant que tu trouves quelque chose.

Je la trouvais touchante. Je venais de passer plusieurs mois avec elle dans une chambre de onze mètres carrés et je ne m'étais rendu compte de rien. Tout ce temps-là, elle avait supporté l'homme que j'étais. Mieux, elle l'avait aimé. En silence.

J'ai dû me résoudre à lui dire que ce n'était pas possible, pas envisageable. La place qu'elle occupait dans mon cœur ne pouvait être remise en cause, nos vies étaient différentes. Je n'avais pas le droit d'être égoïste, de me laisser tenter par le doux parfum d'une peau de gamine, pas le droit de commencer à y prendre goût et y croire. Pas le droit de devenir dépendant d'elle pour, finalement, la voir partir avec un jeune de son âge, m'abandonnant dans un état plus pourri que celui dans lequel je me trouvais déjà. Seul pour de bon, mais avec la nostalgie, l'amertume et les regrets en plus. Je ne voulais pas prendre ce risque, me laisser gagner par la crédulité et imaginer que cette enfant aimerait un type comme moi toute sa vie. Elle se lasserait forcément, c'était inévitable. Je l'ai priée de se réserver un billet d'avion et j'ai toussé pour masquer le bruit d'un pet que je voulais éjecter depuis dix minutes, mais que le contexte m'avait obligé à retenir.

— Je suis fait pour être seul, j'ai dit.

Elle a essayé de me convaincre une dernière fois, m'a promis un ou deux trucs en me regardant dans les yeux. Je ne doutais pas de sa sincérité, elle semblait très émue, presque grave. Elle m'a demandé si ma décision était liée à ses activités passées, si ça me dégoûtait de me mettre en couple avec une pute.

— Une ex-pute, j'ai précisé.

Je l'ai rassurée, ça n'avait rien à voir. Je ne comprenais pas ce qu'elle me trouvait, mais visiblement, il y avait bien quelque chose que les autres n'avaient peut-être pas vu jusque-là. J'avais un peu envie de chialer.

— Tu te rends compte, je t'ai suivi, je suis ici avec toi.

C'était vrai. Elle était là avec moi. J'ai senti que je pouvais vaciller, j'étais sensible à l'affection, comme tout le monde, j'imagine. Mais je me suis montré ferme et lui ai répété que je n'éprouvais pas d'amour pour elle, qu'elle était une amie. Et puis, je me lançais dans une nouvelle activité, ma vie allait prendre encore un nouveau tournant. J'aspirais à faire un coup sur l'aire des pigeons, je devais réguler le cours et le prix du loup sauvage dans les alentours du port de Malaga, ce n'était pas le moment de flancher, j'étais en mission. On est allés marcher un peu, ça m'a fait décuver. Je lui ai promis qu'on se verrait à Paris et que l'on irait manger une bonne entrecôte avec des patates sautées et un petit pot de sauce béarnaise. Ou un boudin aux pommes. Comme j'étais un peu lâche, j'ai laissé sous-entendre qu'à mon retour, tout serait peut-être plus simple et que j'aurais, pourquoi pas, changé d'avis. Je ne lui ai rien fait miroiter, mais je ne me suis pas montré définitif dans mes propos. L'idée de la culbuter un jour ne me laissait pas indifférent et je ne m'enfermais jamais dans des raisonnements obtus. Je laissais ça aux petites gens sans envergure. Pour le moment en tout cas, il était préférable que nos routes se séparent.

Elle s'est engagée à repartir en début de semaine suivante. Elle a ajouté que ça la rendait triste de me laisser, elle s'inquiétait pour moi.

— Faut pas.

En rentrant dans notre chambre, on a fumé une dernière clope à la fenêtre. Paco nous gueulait toujours dessus parce qu'on n'avait pas le droit, mais on s'en fichait royalement. On avait l'impression d'être chez nous et chez nous, on faisait ce qu'on voulait. Quand j'ai constaté que je n'avais plus rien à boire, je me suis couché. Cerise a fait pareil, on a éteint la lumière. Un bourdonnement inaudible m'abrutissait, je ne parvenais pas à établir d'où provenait cette vibration sourde. J'ai préféré m'endormir avant de me demander si j'avais fait le bon choix. Le sommeil est un allié de premier ordre lorsqu'il s'agit de s'échapper. C'est pour ça que les vieilles veuves dorment autant. Pour oublier à quel point leur mari leur manque.

— Tu me racontes ton histoire ? Celle où tu as sauvé la vie du plus grand magicien de tous les temps.
— Une autre fois, demain matin, je me lève tôt.

Je ressentais des machins qui me faisaient mal dans le ventre. Des machins qui ne ressemblaient pas aux symptômes des lendemains de beuverie ou à une quelconque envie de chier. Ces machins, j'ai essayé de les ignorer, il le fallait.

Quelques jours plus tard, comme prévu, Cerise est rentrée à Paris. Je l'ai accompagnée à l'aéroport. Enfin, à l'arrêt de bus au bout de la rue, celui qui menait au train à destination de l'aéroport. On ne s'est pas dit grand-chose. Une ou deux banalités, la promesse de se revoir dans un futur proche. J'ai conclu avec un truc à la con avant de lui tourner le dos et de m'en aller.

— Attache bien ta ceinture dans l'avion.

C'était tout ce qui m'était venu à l'esprit. J'aurais pu lui conseiller de prendre le RER B pour rentrer chez elle à Paris et de bien se laver les mains parce que les transports en commun étaient bourrés de microbes. Souligner l'importance de la détersion, adopter un ton grave pour la convaincre de mener coûte que coûte cette guerre contre la flore bactérienne et autres germes qui ne cessaient d'affaiblir nos pauvres organismes de citadins. Cela aurait eu plus de sens. J'aurais pu lui dire que je l'aimais, aussi. Parce que bon, le coup de la ceinture ça ne rimait à rien et dans un avion, ça n'a jamais sauvé qui que ce soit en cas de pépin. J'ai compris que je n'étais pas un homme de formules, pas un homme de départs. À chacun ses compétences, après tout.

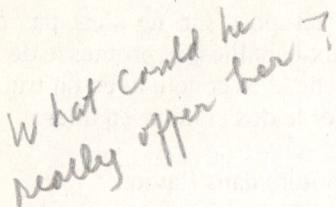

What could he really offer her ?

15

Depuis peu, j'avais commencé ma formation avec Bruno. Je découvrais un nouveau boulot, j'ajoutais une corde de plus à mon arc. Le maquereau reconverti en vendeur de poissons, un poivrot qui refourguait du bar. La vie ne manquait pas d'humour.

Les premières fois, Bruno était venu avec moi. Il m'avait expliqué les rouages de ce business, les subtilités essentielles à assimiler pour faire du loup sauvage le poiscaille le plus convoité d'Europe occidentale. Les particularités de chacun de nos interlocuteurs, les gérants de poissonneries, les restaurateurs et, de manière plus globale, tous les gars qui voulaient nous acheter des écailles. Il me les avait tous décrits dans le moindre détail, m'avait collé des photos des types dans un petit carnet avec des annotations, des informations à leur sujet. Dans ce carnet, il y avait aussi des formules, des langages codés, des bons de commande, des chiffres associés avec des lettres, le plan d'un entrepôt. Il m'avait fait jurer de toujours le garder sur moi. Que je devais le potasser chaque jour, ça pourrait me servir.

— Tu t'en sépares sous aucun prétexte. C'est la bible, c'truc.

Les gars dans le carnet n'étaient pas des tendres, certains avaient même fait un peu de placard. C'était le cas de Manolo Lopez. Lui, il te servait à boire dès que tu rentrais dans son restaurant, mais il finissait toujours par se saouler tout seul, ce dont il fallait profiter pour saler la facture. On ne faisait pas de cadeaux non plus. El Bigote, un ancien député véreux qui tenait une petite auberge péruvienne sur le vieux port de Malaga, renégociait les prix chaque jour, il protestait, implorait, prenait Dieu en témoin et finissait par te proposer une de ses nièces pour obtenir une ristourne de quelques centimes sur le kilo. Il était redoutable et ses nièces défiaient la puberté avec une insolence rare. Les frères Itgubalderexe insistaient pour négocier directement avec notre contact, buvaient des cafés très serrés et ne souriaient jamais. D'après les gars du coin, leur notoriété criminelle n'était plus à faire chez eux, au Pays basque. Pour autant, leur établissement jouissait d'une des plus solides réputations de toute l'Andalousie. Ce qui me conforte dans l'idée que les assassins peuvent faire d'excellents professionnels de la restauration, ce que j'avais toujours soutenu. Avec ces types-là, je devais toujours être sur mes gardes pour ne pas me faire avoir. Faire attention au poids des mots, aux promesses, au langage corporel. Il ne fallait rien prendre à la légère.

Au départ, ma maîtrise approximative de la langue m'obligeait à une certaine sobriété, je faisais ce qu'on

173

me demandait, rien de plus. Je débarquais chez nos clients avec la quantité de marchandise réclamée, sortais ma petite calculatrice de poche et j'exigeais le montant qui s'affichait. Parfois je faisais un geste commercial, j'arrondissais le tout et je faisais cadeau de quelques euros. Quand on me le proposait, j'acceptais un café, je tentais de répondre aux questions polies que certains s'autorisaient à me poser au sujet de mes origines ou de mon orientation footballistique (je n'en avais pas) et je rentrais filer le fric à Bruno.

Après plusieurs semaines de pratique, j'ai gagné en aisance. Je jactais un espagnol de comptoir de grande qualité, je commençais à prendre mes marques et j'avais même réussi à dénicher de nouveaux clients. Une poissonnerie tenue par un Catalan à Colmenar, une commune de la province de Malaga, et une brasserie andalouse, à deux pas de chez moi. Je fournissais aussi le restaurant d'un hôtel à Torre del Mar dans un coin rempli de touristes, des Anglais gras et rouges pour la plupart. Mon réseau s'étendait désormais sur un rayon de plus de cent kilomètres. Tous les matins, une quinzaine d'acheteurs comptaient sur nous, d'autres allaient suivre. J'avais l'impression d'être une sorte de montgolfière ayant su dompter la poussée d'Archimède, qui gravissait les échelons de la vie de plus en plus haut.

Le matin, cela me prenait trois heures pour tout livrer, mais les statistiques parlaient pour moi. Depuis mon arrivée, le chiffre d'affaires avait augmenté de presque 20 %. Je vendais un poil plus cher à nos clients tout en restant bien plus avantageux que la concurrence classique, ce qui me permettait de rester le vendeur préféré de tous les mecs plus attachés à l'argent qu'aux scrupules. Quant à mon fournisseur, comme je lui commandais beaucoup plus de came, il avait consenti à me faire une réduction sur le kilo. Je gérais les stocks, les livraisons, les prix. Bruno, ravi de mes résultats, me laissait prendre des initiatives. Il avait bien compris qu'il n'avait pas embauché un branque, loin de là. Je l'impressionnais. En à peine deux mois, j'avais apprivoisé tout le monde et je ne comptais pas m'arrêter là.

— Tu fais un boulot d'enfer, Fred.
— Merci.

Avec ce qu'on ramassait, je vivais comme un prince et payais ma chambre d'hôtel avec une semaine d'avance. Bruno n'hésitait pas à me dire qu'il me voyait comme son bras droit et même s'il ne possédait pas d'autre collaborateur que moi, j'étais tout de même flatté par cette marque de reconnaissance et je me rendais bien compte que Bruno préférait m'avoir comme bras droit plutôt que d'être manchot. Un gars comme Habib aurait saisi une telle subtilité.

— Viens par là, Fred, j'ai un truc pour toi.
— Qu'est-ce que c'est ?
— Ta nouvelle identité.

La méfiance faisait de Bruno le professionnel qu'il était, un horloger du crime. Le moindre larcin s'effectuait de la manière la plus méticuleuse, il maîtrisait son domaine à la perfection, je prenais beaucoup de plaisir à évoluer à ses côtés. Il avait toujours un coup d'avance, un plan B, une solution de secours.

Par précaution, en cas de contrôle, par exemple, Bruno m'avait fait faire de faux papiers d'identité. Il avait chipé mon passeport en douce et en avait fait un calque parfait, un travail d'orfèvre, et je m'y connaissais puisque je m'étais moi-même livré à des activités de faussaire pour bénéficier des aides aux handicapés quelques années plus tôt.

À en croire les papelards, j'avais désormais dix ans de plus, j'étais né à Montreuil et je me nommais Bruno Labrousse.

— Tu m'as mis ton nom ? Mais avec ma gueule ?
— C'est pour brouiller les pistes, t'y connais rien.

Il m'a servi un double calva. J'adorais le calva. C'était le seul alcool qui était encore capable de me faire gerber, le seul qui me mettait minable. Le vin et la bière, j'étais immunisé. Et le whisky me rendait fou.

— J'ai un travail pour toi, mais j'sais pas si t'es prêt. Tu fais du bon boulot, mais là, c'est l'niveau du dessus.
— Ça m'fait pas peur, l'niveau du dessus, j'ai dit.

Il a eu l'air d'hésiter. Il s'est servi un verre, les expressions inquiètes qui défilaient sur son visage ne l'aidaient pas à masquer son anxiété.

— Bruno, tu sais qu'tu peux m'faire confiance.
— Ouais, mais là, c'est un gros coup.
— L'aire des pigeons ? Le truc avec les putes et les

176

camions de livraison ? Je me sens prêt, tu sais, et pas qu'un peu.

— Non, laisse tomber, c'est autre chose.

La bouteille de calva était restée sur le comptoir. Au fond du bar, un Argentin jouait au flipper en rotant. J'ai repris un verre. Bruno aussi. Le calva commençait à faire effet, je sentais que je ressemblais de plus en plus à une murène. J'essayais de prendre un air sérieux, un truc de circonstance pour avoir l'air crédible, fiable, mais ce n'était pas simple. Bruno m'a regardé une longue minute dans le silence le plus complet. À l'exception de l'Argentin qui rotait au fond du bar. Mon sourcil gauche s'affaissait, ma bouche ne se fermait plus, mais je ne lâchais rien. Il ne manquait qu'un air de musique d'Ennio Morricone.

— Bon, d'accord. Après-demain, tu auras rendez-vous avec un type, tu lui donneras un disque dur. Dedans, y a des informations, des trucs très compromettants. Le gars est prêt à nous l'acheter cinquante mille euros. Tu prendras 20 %.

— Ça en fait de l'artiche pour une disquette.

— Ouais. Le mec me croit mort, je peux pas m'en occuper.

— Compte sur moi.

Connaissant Bruno, je n'ai pas demandé plus de détails sur le contenu du disque dur ni sur le fait que le gars que j'allais rencontrer le croyait mort. Il avait son passé, ses histoires et je respectais ses silences. Au bar, j'étais son ami, en dehors, j'étais son coursier et il me payait pour ça, pas pour poser des questions superflues.

Je savais rester à ma place. J'ai repris un verre de calva. Je savais picoler, aussi.

— Le gars que je vais voir, il est dangereux ?
— Je sais pas trop. Tu veux un pétard ? J'ai un petit semi-automatique, une marque allemande, il est fiable.
— Ils sont fiables, les Allemands ?
— Pour les bagnoles et les flingues, ouais. Les femmes c'est autre chose. Sept ans que j'attends cette garce de Claudia, elle devait rentrer trois jours à Berlin et venir s'installer ici, avec moi. Elle est jamais revenue. Sombre pute.
— Ouais.

Bruno m'a raconté quelques histoires de gonzesses, l'Argentin qui jouait au flipper s'est barré, en rotant. J'ai repris un coup à boire et je suis allé me coucher à mon tour. À l'hôtel, Paco dormait derrière le bureau de la réception, la nuit s'annonçait calme.

16

Le lendemain, après les livraisons de poissons, je suis retourné récupérer les dernières instructions concernant le lieu et l'heure du rendez-vous. L'opération devait se dérouler le jour suivant, à quinze heures, dans un entrepôt désaffecté de la banlieue de Malaga. Le type viendrait seul, avec le grisbi dans une mallette. Bruno m'attendrait un peu plus loin, en voiture.

— Et ça, c'est ton flingue.

Pour la première fois de ma vie, je tenais une arme et cela m'impressionnait un peu. Bruno m'a expliqué le fonctionnement, n'omettant pas de me préciser que je n'aurais pas à m'en servir et que le gars se contenterait de payer. La crosse en plastique rendait l'engin léger et très maniable, j'en étais ravi.

— Je te le file juste pour te rassurer.
— Merci.

En fin de journée, Bruno avait une course à faire, alors j'ai pris mon scooter et je suis allé me balader. Cerise m'avait écrit une jolie lettre. Elle me racontait qu'elle avait repris ses études, et que l'Andalousie lui manquait, les bistrots parisiens s'ennuyaient de moi et les patrons hésitaient à mettre la clef sous la porte en attendant mon retour, tant le manque à gagner était important. Je devais rentrer pour sauver l'économie française.

Je me suis promis de lui répondre le lendemain, après cette fameuse transaction qui promettait de me rendre riche. De lui dire que je pensais à elle et enfin, lui raconter mon incroyable histoire, le jour où j'avais sauvé la vie du plus grand magicien du XXe siècle.

Depuis plusieurs semaines, l'été avait rendu son tablier, s'en était allé sur un autre hémisphère, mais il faisait encore assez chaud et j'en profitais pour flâner dans les rues, chaussé de mes belles et fidèles sandalettes.

J'ai bu une bière en terrasse dans le centre d'Arroyo. En face de moi, deux vieux parlaient de choses et d'autres, assis sur un banc. J'avais l'impression que ces vieux avaient toujours été vieux et que j'avais toujours été seul. Je pensais que Cerise serait jeune pour l'éternité et que Paco était né réceptionniste et mourrait réceptionniste. Le monde que je voyais n'était pas en mouvement, les gens ne changeaient pas, les vieux restaient vieux et moi, seul.

Le soir, je ne suis pas allé au bar, j'ai fumé quelques clopes dans ma chambre et je me suis endormi dans le lit de Cerise. Les draps avaient été changés depuis bien longtemps, son odeur avait disparu.

Le lendemain matin, comme à mon habitude, j'ai assuré mes livraisons et je suis rentré pour rejoindre Bruno. On a bu deux cafés, adossés à la caisse, j'ai pris le flingue et je suis monté côté passager.

— Tiens, voilà le disque dur. Le gars demandera peut-être à vérifier le contenu, tu le laisseras faire.
— D'accord.

Bruno semblait nerveux, cela ne lui ressemblait pas. Il fixait la route sans prononcer un mot. À titre personnel, tout roulait. Je me sentais bien. Je regardais les paysages défiler devant moi, en spectateur. J'étais heureux d'être digne de sa confiance. En même temps, j'avais tout fait pour la mériter, il le savait. On se ressemblait, lui et moi. Des loups solitaires, désabusés, un brin nihilistes, voilà ce qu'on était. Victimes des bonnes femmes et de la complexité de ce bas monde. Des gars avec les codes, l'éthique, des valeurs d'une autre époque, une solidarité presque fraternelle. Des trous dans les poches, de vieilles cicatrices sur le crâne, quelques souvenirs d'antan. Marqués au fer rouge par le temps et l'intransigeance de la vie.

Après trente minutes de route, il s'est engouffré dans une sorte de zone industrielle, le temps était très sec, l'endroit silencieux. Quelques transpalettes avaient été oubliés, des graffitis dégueulasses ornaient des bâtiments gris et fatigués. Un chat blanc et roux faisait les poubelles en nous toisant. Bruno s'est garé à une centaine de mètres et m'a montré l'entrepôt du doigt, le chat s'est planqué derrière une pile de déchets.

— C'est là, tu rentres là-dedans. Je t'attends ici.
— D'accord.
— T'es mon pote, Fred.

Je suis sorti de la bagnole et me suis dirigé vers l'endroit du rendez-vous. J'ai fumé une cigarette, je trouvais mon salaire assez conséquent pour une telle broutille, mais je ne comptais pas me plaindre. Je me demandais ce que j'allais faire avec tout ce fric. Peut-être était-il temps de rentrer à Paris ? La question me taraudait. Cerise me manquait un peu, mon appartement aussi. Et il fallait que je m'achète des chaussettes, au moins huit paires.

Au bout de vingt minutes, une grosse bagnole s'est pointée. Un 4 × 4 noir flambant neuf, avec des vitres teintées, des jantes en chrome et une carrosserie brillante comme de la bave d'escargot. Trois gars sont descendus en trombe et se sont rués sur moi, comme si j'étais un article soldé de Norauto.

J'ai vite compris qu'il ne s'agissait pas du programme préalablement expliqué par Bruno, mais il était trop tard pour cavaler et puis, de toute manière, ma condition physique ne me le permettait pas, la faute à une malléole fragile. Les types m'ont encerclé, ils jactaient à une vitesse incroyable et ne semblaient pas ravis de me voir. J'ai essayé de baragouiner un truc, mais on ne parlait pas le même espagnol. Le premier, un moustachu très brun, m'a collé une beigne en pleine gueule, sans prendre la peine d'écouter ma chanson. Avec la violence du choc, mon flingue est tombé par terre. Un des types l'a ramassé, l'a inspecté et l'a explosé contre le sol, accompagnant son geste d'un rire profondément dédaigneux. Mon pétard s'est

182

brisé en mille morceaux, ce qui m'a immédiatement fait relativiser la fiabilité des Teutons en matière d'armement. Dans l'agitation, il m'a semblé entendre que la voiture de Bruno démarrait, sans doute pour venir me sortir de cette merde.

En l'attendant, j'ai essayé d'expliquer aux gars que je détenais le disque dur et que je comptais leur filer, mais ils ne voulaient rien entendre, ils m'abrutissaient de questions sans me laisser le temps de comprendre. À ma décharge, ils parlaient un drôle d'espagnol, avec un accent bien particulier, des Sud-Américains peut-être. Ou des Turcs. Sans attendre mon aval, l'un d'eux s'est mis à me fouiller, moment que je n'ai guère apprécié, mais que j'ai enduré dans le calme, pour ne pas envenimer la situation. Il s'est saisi de mon larfeuille, a sorti mon passeport, enfin le passeport que m'avait falsifié Bruno, et l'a montré à ses collègues. Les types sont devenus rouges et j'ai repris une ou deux mandales, des précises, en plein sur le blair. J'ai cru comprendre que j'étais bien le gars qu'ils cherchaient. Ils ont continué à me fouiller et sont tombés sur mon carnet, la bible du vendeur de poissons. Ils touchaient à mon intimité, au Saint-Graal, mais j'étais en position de faiblesse, alors je n'ai pas fait dans l'esbroufe. Les gars faisaient défiler les pages avec les photos de mes clients et d'autres détails que Bruno avait inscrits à l'intérieur. Le moustachu a semblé dire à ses collègues que j'étais bien leur homme, que leur informateur avait dit vrai. Ils m'ont attrapé par le col et m'ont fait comprendre que j'allais passer un sale quart d'heure. Voyant que je ne saisissais pas grand-chose, l'un d'entre eux m'a fait l'honneur de s'adresser à moi dans un français qui laissait cependant à désirer.

Au fond de moi, j'ai tout de même salué l'initiative car je n'avais presque rien capté jusqu'ici et il s'agissait là d'une indéniable amorce de réconciliation, une ouverture au dialogue. Une volonté d'apaisement des tensions, de suppression des frontières.

— T'as voulou nous baisser, Bruno, tou es dans la mierda.

Ne voyant pas le vrai Bruno arriver, j'ai commencé à m'inquiéter. J'avais besoin de lui pour clarifier la situation, car j'étais, à n'en pas douter, victime d'un énorme malentendu. En continuant de me fouiller, le moustachu, celui qui semblait être le chef, a découvert le disque dur. J'ai fait un signe de tête pour lui montrer mon incompréhension et je me suis permis de laisser transparaître un léger agacement, car à aucun moment je n'avais voulu le dissimuler. Le moustachu a missionné un de ses hommes, le gars en question est retourné dans le véhicule sans broncher. Il en est ressorti avec un ordinateur portable et s'est empressé de vérifier le contenu du petit boîtier. Je respirais enfin et j'attendais qu'on me présente les plus plates excuses car je ne doutais pas de l'honnêteté de Bruno et du fait que le disque dur abritait toutes les informations attendues par mes agresseurs. J'espérais d'ailleurs recevoir un petit supplément financier en guise de dédommagement, mais j'attendais le bon moment pour le faire savoir. Les négociations s'étaient avérées compliquées, il fallait laisser du temps au temps. Même dans pareille situation, je savais faire preuve de tact et de sérénité. Dans une autre vie, je devrais épouser une carrière de moine bouddhiste ou de chaman bolivien.

184

Le moustachu a ouvert le dossier. Il s'agissait d'une vidéo dans laquelle on me voyait récupérer des cargaisons de poissons sur le port puis les vendre à des particuliers. Plus d'une heure durant, on me voyait charger, décharger, vendre, encaisser. Il y avait même un passage dans le bar de Bruno où, en état d'ébriété avancée, j'agitais une liasse de billets en chantant *La Marseillaise* à demi nu. J'étais surpris car je n'avais jamais eu l'esprit cocardier très développé et m'étais toujours contenté d'aimer mon pays dans la plus grande discrétion, n'hésitant pas à le critiquer sur certains points quand bon me semblait, notamment au sujet de notre politique étrangère. Les gars ont écourté la vidéo, ils en avaient assez. Le moustachu a sorti une arme et l'a pointée sur moi. Les deux autres types m'ont mis du gros scotch sur la bouche, une cagoule sur la tête. Ces cons-là me l'avaient mise à l'envers, ce qui, par conséquent, m'obstruait la vue, mais je ne leur ai pas fait remarquer pour ne pas froisser leur petit ego d'hommes de main. Ensuite, ils m'ont attaché et m'ont jeté dans le coffre du 4 × 4, avec une douceur toute relative.

J'ai compris que Bruno venait de me baiser. Depuis le départ, il avait tout orchestré. Il m'avait fait passer pour lui et s'était contenté de me vendre auprès de concurrents dont il avait court-circuité le trafic. J'avais quitté Paris afin d'échapper à quelqu'un qui ne me cherchait pas pour finir dans le coffre d'une voiture de voyous qui traquaient un autre type. Je me suis demandé si le plus grand magicien du siècle précédent, celui dont j'avais sauvé la vie, aurait réussi à se dépêtrer d'une situation pareille. Je me suis demandé si Bruno m'avait tout de même apprécié, s'il m'avait considéré comme un pote. Je me suis demandé à qui j'allais manquer si ces mecs-là venaient à me buter. Si l'humanité finirait par se rendre compte de ma disparition. Si quelqu'un viendrait fleurir ma tombe, dans l'hypothèse où la police retrouverait mon corps dans un état de décomposition pas trop avancé pour pouvoir identifier mon cadavre. J'aimais assez les myosotis, mais qui le savait ? Je me suis demandé si Adrien et Mme Pichard m'attendaient, si mes douleurs au foie provenaient d'une cirrhose, si les poissons panés ne se mariaient pas mieux avec les pâtes que le riz. Je me suis demandé pour quelle raison je n'avais pas suivi Cerise et si le produit qui avait été utilisé pour nettoyer le coffre dans lequel je me trouvais n'était pas toxique en cas d'inhalation. Je me suis demandé si j'avais été heureux et comment Habib avait perdu son bras. Si le monde s'était rendu compte que j'avais été là. J'ai pensé très fort à Sophie Davant, au fait que c'était la femme avec laquelle j'avais vécu le plus de choses. Elle l'ignorait sans doute.

J'ai essayé de dresser un bilan sommaire de mes réalisations ici-bas, mais je suis vite passé à autre chose. La vérité, c'est que je n'avais rien branlé. Ou plutôt, je n'avais rien voulu branler. Je m'étais laissé vivre, porté par le courant d'air d'une porte de bistrot entrouverte. Un demi de bière à la main, des espoirs en pagaille.

Remerciements à Javier Pastore
et le toit du Marché de l'Époque.

Faites de nouvelles rencontres sur pocket.fr

- Toute l'actualité des auteurs : rencontres, dédicaces, conférences...
- Les dernières parutions
- Des 1ers chapitres à télécharger
- Des jeux-concours sur les différentes collections du catalogue pour gagner des livres et des places de cinéma

POCKET

Un livre, une rencontre.

La photocomposition de cet ouvrage
a été réalisée par
GRAPHIC HAINAUT
59410 Anzin

Imprimé en France par **CPI**
en novembre 2019
N° d'impression : 2047346

Pocket, une marque d'Univers Poche,
est un éditeur qui s'engage pour
la préservation de l'environnement
et qui utilise du papier fabriqué à partir
de bois provenant de forêts gérées
de manière responsable.

Dépôt légal : septembre 2017
Suite du premier tirage : novembre 2019
S27565/06